A OUTRA *parte de mim*

SUZANE GOMES

A OUTRA *parte de mim*

partners coerência

DIREÇÃO EDITORIAL
Lilian Vaccaro

PRODUÇÃO GRÁFICA
Giovanna Vaccaro

PREPARAÇÃO
Gabriel Lago

REVISÃO
Kaio Rodrigues

DIAGRAMAÇÃO
Michael Vasconcelos

CAPA
Décio Gomes

DADOS INTERNACIONAIS DE CATALOGAÇÃO NA PUBLICAÇÃO (CIP)

Gomes, Suzane.
A outra parte de mim / Suzane Gomes. – 1ª edição – São Paulo: Coerência, 2020

ISBN: 978-85-5327-227-3

1. Ficção brasileira 2. Romance I. Título

CDD: 869.3

Grupo Editorial coerência

partners coerência

São Paulo
Avenida Paulista, 326,
cj 84 - Bela Vista
São Paulo | SP – 01.310-902
www.editoracoerencia.com.br

Para os meus pais,
que acreditaram em mim mais do que eu mesma.

1

~~LIVE~~ SAVANAH

O calor é infernal nesta hora do dia. Minto: o calor é infernal em qualquer hora do dia, mas, nesta exatamente, pareço estar sendo imergida em uma caldeira de água fervente. Sinto as gotas silenciosas e agoniantes de suor descendo pelas minhas costas, e minhas mãos pegajosas agarram a bandeja com força, por medo de ela escorregar e acabar me entregando. Não posso perder este emprego.

Confesso que ser garçonete nunca foi meu emprego dos sonhos, mas, honestamente, nada mais pode ser como era, e os sonhos acabaram há um milhão de anos. Não lembro mais com o que eu costumava sonhar, e é melhor assim.

Meu nome é Savanah, para combinar com este glorioso lugar ensolarado e muito, muito quente. Olhe eu mentindo de novo. Meu nome não é esse – não de verdade. Só que agora sou uma grande mentirosa, e o nome é o menor dos meus problemas. Portanto, para todos os efeitos, meu nome *é* Savanah. Tenho vinte anos de idade e sou garçonete de uma lanchonete de beira de estrada de uma cidade do interior minúscula e esquecida por todos. Essa é a minha história.

Meu turno de hoje se encerra dentro de quarenta e cinco minutos e treze segundos. Sim, estou contando os segundos para sair daqui. O sol ainda brilha forte no céu, bem lá em cima, dizendo-me que é meio-dia. É verão, e deve fazer uns quarenta graus lá fora. Aqui dentro faz uns cinquenta. O ventilador, que supostamente teria de deixar o ambiente mais agradável, é tão lento que suas hélices só espalham o ar quente e pegajoso.

Edward, o cozinheiro e dono deste lugar, toca mais uma vez a campainha, avisando-me de que devo levar o almoço de alguém até a mesa. Não sei como alguém tem coragem de comer aqui. Na verdade, sei, já que estamos no meio de um deserto sufocante, onde qualquer um mataria por um copo de água. Eles não têm opção. Obedientemente, pego o prato e contorno o balcão, deixando-o em seguida à frente do único cliente no salão. Nada novo. Geralmente, quem para aqui são pessoas que estão no meio de viagens longas, debaixo do sol escaldante e com muita sede ou fome. Isto só enche aos fins de semana, quando o celeiro atrás da propriedade vira uma festa com música alta, bebida barata e caipiras bêbados.

Prefiro o silêncio e a solidão de um dia comum de trabalho. Ninguém faz perguntas por aqui; aceitam apenas as informações que estou disposta a compartilhar, o que não significa nada, já que a maior parte é mentira.

Amy passa por mim com seus saltos altíssimos e saia curtíssima por baixo do avental branco, gasto. É a única pessoa que deixei entrar na minha vida nos últimos seis meses, e compartilha comigo o trabalho nesta espelunca.

O sino soa sobre a porta e quatro rapazes entram fazendo barulho e gargalhando, como se a vida fosse uma grande aventura. Observo de queixo caído. Não por causa da aparência deles, apesar de concordar que não é nada difícil ficar impressionada. Mas porque me lembram tudo o que eu abandonei. Tudo o que a minha vida deixou de ser. Tudo o que perdi.

Indo na corrente oposta, me forço a me lembrar de tudo o que *ganhei*: liberdade, amor-próprio, segurança. Faltam só vinte e cinco minutos agora. Amy está sorrindo. Sempre sorri de uma forma sexy e encantadora. Eu costumava sorrir assim. Não mais. Agora, meu sorriso sai forçado — quando me dou ao trabalho de fingir que alguma coisa ainda me faz feliz. Os rapazes conversam animadamente, e o som me dá dor de cabeça. Esfrego as têmporas e levanto os olhos quando Amy passa como um furacão por mim.

— Você precisa anotar o resto dos pedidos — diz, como se não conseguisse conter a animação. — Eles estão com muita fome. — E dá outro sorrisinho de contentamento.

Um suspiro me escapa, pura exaustão. No entanto, o sorriso falso se instala no meu rosto e caminho em direção à mesa. Todos parecem muito deslocados aqui. Camisetas justas, calças bem cortadas, tênis de marca, relógios caros. Parecem felizes demais para aquele lugar. Riem enquanto conversam animadamente, e não entendo o que diabos pode fazer uma pessoa gargalhar daquele jeito num lugar como este.

Paro à frente deles e pigarreio para chamar atenção. Esse simples gesto faz minha garganta arranhar pela secura. Faltam onze minutos. Todos param no meio de suas frases e me olham, ainda sorrindo. O sorriso morre quando me veem. Não os culpo. Minha aparência deve estar terrível, e ainda não viram a cicatriz. Meu sorriso aumenta. Um sorriso de puro escárnio repuxa meus lábios.

— O que vão querer? — Preparo a caneta para anotar o que faltou.

Uma voz profunda à minha direita responde:

— Bacon, ovos mexidos, torrada e café.

Desta vez, um sorriso quase verdadeiro surge no meu rosto; parece tão estranho sorrir depois de tanto tempo que rapidamente me forço a esboçar minha inexpressiva carranca de insatisfação.

— Sabe que está fazendo quarenta graus? — pergunto, já me virando para olhar diretamente para esse cara, que, obviamente, é louco. Quem toma café neste calor?

Arrependo-me de virar. Ele está sentado tão perto que seu olhar pousa diretamente no meu peito, o que me faz levar um susto e pular para trás. Sua reação é rir, algo que parece fazer bastante. É estranho.

— Sei — responde —, mas eu gosto do calor. E gosto ainda mais de café.

Essa declaração acompanha uma gota silenciosa de suor que percorre minha têmpora e se acumula no meu pescoço. Irracionalmente, sinto raiva do estranho. Não só por optar por café enquanto literalmente derreto no piso manchado de linóleo. Mas, principalmente, porque ele não está suando. Nada, nem uma gotinha, nem mesmo uma fina camada brilhante na testa.

— Uf — resmungo, sem me conter.

A conversa continua logo que viro as costas. Faltam dois minutos, graças a Deus. Depois de passar o pedido, começo a desfazer o nó do avental e, internamente, dou pulinhos de satisfação por poder sair daqui.

Não é muito animador pensar na minha "casa" atual. Na verdade, moro de favor na parte de cima do celeiro da propriedade de Amy. Aqui, os celeiros são os melhores e maiores lugares das casas, então posso me considerar uma mulher de sorte. *Mulher de sorte...* Resta-me rir. Sorte não é uma coisa que eu tenho.

Ao menos o almoço faz parte do meu pagamento, e meu melhor amigo, "sanduíche de pasta de amendoim com geleia", está me esperando. O prato de bacon com ovos e torradas com *café* do meu cliente engraçadinho me chama como se fosse a água no deserto, e quase sinto o gosto salgado. Dou uma mordida no pão velho. *Delícia*, penso, com os olhos revirados.

Amy não está por perto. Já deu meu horário, mas minha imagem de educada e comprometida me obriga a me levantar, pegar o prato e levá-lo até a mesa. Antes, porém, não resisto a um bacon suculento que está na beirada do prato. Ele pede para ser devorado, e sou obediente. Não contenho um gemido de satisfação, mas rapidamente me lembro de que não deveria estar provando a comida dos clientes. Engulo o mais rápido possível.

Viro-me, esperando que ninguém note a minha pequena transgressão, mas, como já apontei, não sou uma garota de sorte. O tal cliente me encara abertamente, e desta vez sua testa se enruga, quase como se não entendesse o que aconteceu. Não consigo deixar de sentir vergonha pelo que fiz.

Prendo a respiração quando chego à mesa, esperando que ele faça uma reclamação caprichada, exigindo que eu refaça o prato ou cuspa de volta o bacon. Eca. Mas, para minha surpresa, ele apenas me olha; parece fitar minha alma, ver tudo o que tento esconder. Sua expressão se suaviza antes de virar e começar a comer. Respiro aliviada e, após me despedir de Amy e de Edward, saio da lanchonete e inicio minha caminhada diária de quatro quilômetros sob o sol escaldante.

•

Sempre valorizei tudo o que fosse superficial. Amava chegar em casa e sentir aquela brisa que saía do ar-condicionado central. Aquele cheiro de novo quando eu abria o closet lotado de roupas e sapatos. A limpeza da cozinha toda decorada de móveis modernos e eletrodomésticos em inox brilhante. Risadas altas e vazias dos meus *amigos*, que adoravam aproveitar minha piscina.

Agora, não sinto falta dessas coisas. Por incrível que pareça, sinto-me bem enquanto entro no celeiro que tem sido meu lar há quase seis meses. O cheiro de feno, de cavalo, de couro... adoro. Tudo bem, *adoro* não é a palavra certa, mas realmente não me importo. Subo os degraus que levam ao meu *quarto*. Tenho um colchonete, um cobertor, minha mochila. É o suficiente, ao menos por enquanto.

Depois de um dia longo, só quero um banho. Mas, como meu banho se resume literalmente a uma mangueira na parte de trás do celeiro, preciso esperar escurecer para ir até lá. Não quero virar espetáculo para as pessoas que podem estar nas proximidades. Neste lugar, tudo se resume a casas de madeira rústica, grandes pedaços de terra e celeiros. Todo mundo aqui tem ao menos um cavalo. Divido meu espaço com três. Amy mora na casa minúscula que fica em frente, com sua mãe e seus três irmãos mais velhos. Sente-se culpada por eu ter de dormir no celeiro, mas não tem noção de quanto sou grata por isso.

Depois do meu turno na lanchonete, resolvo dar uma volta pela *cidade*, que se resume a uma praça decadente em cujo centro está uma fonte que há séculos não vê um pingo de água. Ao redor, uma loja de caubóis vende botas, chapéus e cintos; uma banca de jornal atualiza seus exemplares a cada três semanas; uma loja de ferragens e materiais de – adivinhem – cavalgada; uma loja de conveniência que vende desde absorventes a leite; e, por fim, meu lugar preferido aqui: um brechó que vende roupas de verdade (nada de couro, graças a Deus) por um preço bem bacana.

Dou-me ao luxo de comprar um livro novo na banca. Novo, *tipo*, de uns cinco anos atrás pelo menos, mas que ainda não li; novo *para mim*. Depois, entro no brechó, só para passar o tempo. Falei que gostava do silêncio, mas a solidão às vezes incomoda e pode machucar. Lembranças ruins espreitam nas sombras, esperando o momento certo de atacar.

Saio do brechó sem gastar nenhum centavo (óbvio). Na lojinha, decido comprar alguma coisa comestível, que sirva como jantar. Claro que não pode ser nada que precise ser esquentado ou que estrague fora da geladeira nem nada que precise de pratos ou talheres. Suspiro. Desse jeito, não me restam muitas opções. Acabo por escolher um pacote extragrande de Doritos e uma Coca-Cola. O refrigerante vai esquentar, mas não importa. Neste lugar, até a geladeira não é tão gelada quanto deveria ser.

É hora de voltar para casa. Todas as propriedades são enormes, mesmo as mais decadentes, então leva um tempo até eu chegar. Olho no relógio assim que entro no celeiro, e são quase cinco horas. Até que eu enrolei bastante. Subo as escadas e caio direto no colchão, suspirando de cansaço. Resolvo começar meu novo livro até que anoiteça e eu possa tomar meu banho sem ser incomodada. Mas mal viro duas páginas, o sono toma conta de mim.

Acordo sobressaltada, como sempre. O suor se acumulou no meu corpo, deixando-me com uma sensação nauseante de sufocamento. Respiro fundo e percebo que já é noite. Olhando o relógio, vejo que dormi por três horas. É bom estar sempre tão esgotada a ponto de dormir sem dificuldades.

Decido que já está escuro o bastante para ninguém conseguir me enxergar no banho. Separo minha toalha e minha camiseta gigante que serve de pijama, ponho meu chinelo e me dirijo lá para fora. Como sempre, a área está deserta e muito escura, mas, como já me acostumei, sei exatamente onde meu sabonete e meu xampu se encontram.

A água gelada toca meu corpo quente e traz satisfação. Depois de alguns minutos, já me esquecendo de que estou tomando banho, nua, com uma mangueira atrás de um celeiro, começo a cantarolar uma música qualquer, realmente aproveitando o momento.

Então ouço as vozes masculinas, as risadas. Mas, antes que eu possa fazer qualquer movimento, uma luz forte bate no meu rosto, fazendo-me pular para trás, tropeçando e me encolhendo, como se desse modo ninguém fosse perceber meu estado patético. Com a minha vergonhosa descoberta, vários gritos masculinos de surpresa são ouvidos, seguidos por um silêncio constrangedor. No meu torpor absoluto, só consigo pensar na torneira aberta, agora esquecida no chão.

Como se percebendo meu espanto, a luz da lanterna desaparece e a escuridão volta a reinar. Agora, minha respiração está rápida e difícil; meu coração bate nos ouvidos. Nunca senti tanta vergonha na vida. Por fim, as pessoas começam a rir. No começo, apenas uma risadinha contida, que logo se transforma em gargalhadas estranguladas, altas e macabras.

Felizmente, alguém finalmente grita, controlando a onda de histeria:

— Chega! Vocês estão malucos? A culpa é nossa, já que praticamente invadimos a propriedade particular da moça.

A voz não me soa estranha, mas, em meu estado, não consigo identificar a quem pertence. Depois de um breve silêncio, continua:

— Moça, já está coberta?

Percebo que continuo pelada, molhada e tremendo no canto da parede. Estacada como uma árvore a firmar raízes no solo. Com um gritinho de puro pavor, procuro freneticamente a toalha, mas minhas mãos tremem tanto que não encontro — até que uma mão áspera e quente esbarra no meu braço. Congelo. Minha respiração volta rápida, em sopros escassos, mas desta vez o motivo é novo. Não é medo ou vergonha, mas uma pitada de... *desejo.* Puro e simples. Sinto quando a toalha é enrolada no meu corpo, tocando somente o suficiente para cobrir, mas provocando ondas de calor na minha pele. Engulo em seco quando, por um segundo, sinto um peito duro e largo tão próximo.

Antes de essa sensação se prolongar, sinto uma picada de vento gelado atingir meu rosto. Quem quer que estivesse perto, agora se afastou. Depois, a lanterna é acesa novamente e, no mesmo instante, quatro pares de olhos estão voltados para mim.

— Puta merda! — alguém diz. Depois, suspiros agudos.

Percebo para quem estou olhando; ou melhor, quem está olhando para mim. São os quatro rapazes bonitos que tomaram café na lanchonete hoje cedo. Um em particular está com os olhos arregalados de espanto, boquiaberto. O cara do bacon. Meu Deus, como fui me meter nisso?

2

DAVI

QUANDO SURGIU A OPORTUNIDADE DE ACEITAR ESTE ESTÁGIO PARA fazer o que eu amo, não pensei duas vezes. Não pensei que o deserto seria quente e seco, ou que eu teria de morar em uma barraca, ou pior: em um celeiro. Não pensei que teria de viver os próximos seis meses numa cidade minúscula onde não acontece nada.

Era o que eu queria para a minha vida: fazer escavações e explorações. Cavar, mexer na terra, procurar, desenterrar, limpar. Era tudo o que eu tinha batalhado para conseguir. Para seguir essa carreira, eu teria de abrir mão do conforto que sempre tive. Mas realmente não me importei. Talvez seja dom ou destino. Nunca houve mais nada que eu pudesse fazer.

Eu, meu professor de Arqueologia da universidade e mais três dos melhores alunos da turma viemos para cá a fim de iniciar um projeto de escavação nesta área, que há muito tempo precisava ser explorada. Uma aventura antes de terminar meus estudos e realmente começar a vida adulta, sem meus pais seguindo cada um dos meus passos e achando que sabem o que é melhor para mim.

A concepção de aventura foi um pouco distorcida recentemente. Sempre fui um cara num corpo jovem com uma mente velha demais. Queria o desconforto da barraca, a sujeira da terra, o suor do trabalho, o cansaço da procura e, por fim, a alegria de achar algo que parecia perdido para sempre. Não esperava mulheres nuas e extremamente *sexy*, dando um show ao vivo, tomando banho *do lado de fora de um celeiro*. Primeiro, pensei que fosse uma alucinação causada pelo sol. Depois, percebi que ela *era* real. Toda aquela situação era absurda demais, mas, se eu estava embasbacado, o rosto da moça transmitia puro terror. O tom vermelho das suas bochechas era meio encantador, apesar da situação bizarra.

Claro que fui um cavalheiro; tentei cobri-la sem tocar muito. Mas foi impossível não reparar no seu cheiro doce, na sua pele arrepiada pelo banho gelado, contrastando com a sua respiração quente e ofegante. Ela já tinha chamado minha atenção quando a sua língua afiada e seus olhos gigantescos me acusaram por querer tomar café. Achei graça na sua petulância. Mas, agora, diante de seus olhos amedrontados, só consigo me sentir *protetor*. E isso, sim, é estranho. Mas é instintivo, e não consigo evitar.

Dou meu olhar mais duro para os meus amigos quando me coloco na frente da moça, e em cinco segundos eles desaparecem da minha frente.

Viro-me novamente para encará-la, o que ela retribui. Uso todas as minhas forças para não percorrer o seu corpo com os olhos.

— Mas o que é que você estava fazendo aqui fora desse jeito? — pergunto, meio impressionado e meio irritado.

Vejo seu lábio tremer um pouco antes de ela disfarçar, levantar o queixo e responder, a toalha apertada ao peito:

— Estava tomando banho. — E dá de ombros, como se aquilo não fosse importante.

— Ah, é mesmo? O pessoal daqui gosta de nudismo?

Tento manter o tom leve e brincalhão, mas estou confuso demais para me controlar. Tenho de confessar que estou um pouco bravo por ela estar tão... *à vontade* onde qualquer um pode vê-la.

— Não que eu lhe deva alguma explicação, já que esta propriedade não é sua, mas eu sinto *muito* calor, por isso tomo banho aqui fora. Simples assim.

Ui. Essa doeu. Ainda mais porque ela tem razão. Nós é que estávamos passando por uma propriedade privada *sem a permissão do dono*. Mas não é isso que eu digo. De jeito nenhum vou admitir que ela está certa.

— Ah, então a propriedade é sua? — Levanto uma sobrancelha. Só estava provocando, mas, pelo jeito como ela cora e olha para as mãos, percebo que cutuquei alguma ferida.

Ela limpa a garganta antes de falar, e mal escuto quando ela sussurra:

— Não, mas eu moro aqui.

O assunto está encerrado, por enquanto. Ela não vai esclarecer mais nada, e não quero me intrometer.

— Bom, desculpe por isso. Mas é meio estranho e *perigoso* uma moça como você tomar banho de mangueira, à noite, do lado de fora de um celeiro.

— Acha que eu não sei? — retruca.

— Então por que está fazendo exatamente isso? — Meu tom sai mais duro do que pretendia, e me arrependo imediatamente quando a vejo estremecer de leve.

Um sorriso triste perpassa seus lábios, e tenho vontade de consolá-la, mas nem sei por que precisa de consolo. Ela me provoca uma sensação de dever e proteção que eu desconhecia. Diante de seu silêncio, penso que ela vai se virar e voltar para casa, mas sou surpreendido de novo.

— Será que pode sair daqui e me deixar terminar o banho em paz? Estou toda grudenta de sabão e ainda preciso enxaguar meu cabelo.

Desta vez, não consigo evitar. Um suspiro escapa dos meus lábios ao confirmar o quanto essa garota pode ser mal-agradecida e birrenta. Tudo o que fiz foi ajudá-la, pegar a toalha e expulsar meus amigos. Tudo isso para levar um fora? Parece que ela se recuperou rapidamente do choque e da tristeza que pensei ter visto em seu rosto. Ou talvez eu tenha apenas imaginado que ela se importava.

— Tudo bem — murmuro. Antes que ela possa responder, viro-me de costas e vou embora.

3

~~LIVE~~ SAVANAH

Muito tempo depois de o cara ir embora, ainda estou olhando para a escuridão, tentando entender o que aconteceu. Sei que passavam pela propriedade de Amy sem permissão. Ou será que eles tinham permissão e só eu não sabia? Afinal, não sou realmente dona daqui. Quase consigo rir da situação, mas penso melhor: não é nem um pouco engraçado ser encontrada nua, tomando banho de mangueira atrás de um celeiro. Seria engraçado se eu tivesse escolhido tomar banho aqui por sentir muito calor, mas a verdade esmagadora é que *eu não tinha opção.*

E talvez eu esteja me sentindo um pouco culpada por ter sido uma megera com um cara legal que tentava me ajudar e se preocupou com a minha segurança. Mas lembro que é melhor desse jeito. Não posso permitir a aproximação de ninguém, ainda que inocente e com boas intenções, muito menos de alguém tão espetacularmente atraente. Meus pensamentos ficam cada vez mais desenfreados e imprudentes. Hora de voltar ao foco de sempre: ser invisível.

•

Uma semana se passou desde o incidente no celeiro. Eu estava quase esquecendo o embaraço. *Quase*. Mas não era uma tarefa fácil. Toda vez que eu ia tomar meu banho diário de mangueira, lembrava-me daquela situação constrangedora. Se eu fosse sincera comigo mesma, admitiria que pensamentos bem inapropriados também tomavam minha mente. Uma mão quente roçando meu braço nu. Um peito largo muito próximo. E um olhar penetrante fixado no meu rosto, tentando ler a minha mente.

Parecia que, ao olhar para mim, aquele estranho conseguia desvendar a minha alma e todos os meus segredos. E, por mais impossível que seja, internamente eu sonho que ele pode me salvar e proteger. Queria que ele carregasse um pouco dos meus fardos por mim. Mas sei que não vai acontecer. Mesmo assim, me permito pensar que a verdade poderia ser outra. Permito-me pensar que eu não estou completamente sozinha neste mundo.

Hoje, meu turno começa à uma da tarde e vai até às sete da noite. Por isso, caminhei ao sol quente do verão, ao *meio-dia*. Não preciso nem falar que cheguei à lanchonete parecendo um tomate de tão vermelha, ofegante e suando. Droga. Basta entrar pela porta da frente que seis pares de olhos me encaram. Amy e Edward não conseguem disfarçar seu divertimento ao ver o meu estado lamentável. Por mais que eu esteja chateada com o calor, não contenho uma risadinha, aceitando a provocação, já que estou mesmo bem engraçada.

Mas o que me chama mesmo a atenção são os outros quatro pares de olhos virados para mim. Um deles em especial. Infelizmente, não consigo disfarçar para quem eu olho atentamente. Percebo que ele retribui meu olhar, com um pequeno sorriso estampado em seus lábios. Esse sorriso me prende de um jeito surpreendente, e, antes que eu possa impedir, um sorriso quase imperceptível se forma nos meus próprios lábios.

Este é o momento em que Amy decide interromper nossa pequena interação silenciosa.

— Pode atender? Tenho um encontro...

Aponta para a mesa e não está conseguindo conter seu entusiasmo. Eu mesma fico animada por ela, já que é difícil arrumar um encontro numa cidade onde praticamente todos têm mais de quarenta anos e vivem montados em cavalos ou enfiados em celeiros.

— É mesmo? — replico. — E com quem é o seu encontro, posso saber? Onde foi que você arranjou alguém interessante neste fim de mundo?

Mal pergunto, e ela já tira o avental, retocando o batom supervermelho em seguida. Como sempre, a saia está muito curta, e o salto, muito alto.

Amy não faz questão de responder. Sai de trás do balcão, dirige-se à mesa com os quatro rapazes, pega na mão de um loiro bem fortinho e o arrasta pela porta, virando o pescoço para me lançar uma piscadela toda empolgada. Enquanto olho, descrente, os três que sobraram na mesa gargalham com o acontecimento.

— O Josh não gosta de perder tempo. E sua amiga parece não gostar também.

Quem diz isso é o cara da outra noite. Aquele que não sai dos meus pensamentos. Resolvo começar a trabalhar antes de fazer algo grosseiro, como me jogar no seu colo. Vou para trás do balcão, pego meu bloco e minha caneta e passo a anotar os pedidos.

Paro à ponta da mesa, insegura e envergonhada. Não olho nos olhos de nenhum deles, com medo do que posso ver. Será que me acham louca? Ou talvez achem que eu sou algum tipo de exibicionista. Não sei o que pensar ou fazer, então fico olhando para as minhas mãos, apertando a caneta sem parar. Até que ouço um grunhido. Olho para cima. Uma mão está estendida na minha direção.

— Meu nome é Davi.

É ele. Desta vez, como está muito perto, não tenho medo de encarar. Afinal, até sem roupa ele já me viu. Reparo em todos os detalhes de seu rosto. A sobrancelha escura, os cílios grossos, uma barba por fazer, os lábios carnudos e, para completar o pacote, os olhos claros cor de mel, com pontinhos amarelos minúsculos. É de tirar o fôlego. Fico sem reação por um momento. Quando me recupero, coloco minha mão na sua. Parece ridículo, mas um tipo de eletricidade desconhecida passa por meu braço, me arrepiando e causando um calafrio. Ele também sente, pois olha diretamente para nossas mãos unidas. A minha mão some no instante em que ele a aperta na sua, tão grande a diferença de tamanho entre as duas. Parecem se encaixar.

Sou eu quem quebra o contato. Tive de quebrar, pois senti que nunca mais teria coragem de soltar se segurasse sua mão por mais cinco segundos que fosse.

— Meu nome é — limpo a garganta — Savanah.

Ele sorri, mas o sorriso não chega aos seus olhos. Parece cauteloso, por isso continuo:

— O que vão querer comer?

Os outros dois observam a cena em silêncio; mexem-se nas cadeiras e se apresentam. Descubro que o loiro com cabelo mais comprido e olhos azuis, com pinta de surfista, se chama Gabriel; o outro, de pele bronzeada, olhos escuros e cabelo cortado rente à cabeça, é o Mane. Todos são muito bonitos, mas nada comparado a Davi. Dou-me um tapa mental por esse pensamento.

Os dois fazem seus pedidos, e me viro para Davi. Espero que não peça café de novo. Isso me irritaria profundamente. Quero dizer, não sei se eu conseguiria ficar irritada , agora que sei seu nome e vejo de perto seu rosto bonito, mas eu *tentaria.*

Como se lesse meus pensamentos, ele prontamente pede:

— Bacon, ovos, torrada e *café.*

Ao mesmo tempo, arqueia as sobrancelhas, como se me desafiando a ficar irritada. O que me surpreende é a gargalhada espontânea que solto. Não consigo evitar. Ao mesmo tempo, me recrimino por estar sendo tão simpática. Tenho de manter a postura de durona e grosseira. É como afasto as pessoas de mim e dos meus segredos.

Ele me olha com surpresa, mas sorri também. Eu já estava me virando para levar os pedidos para a cozinha quando ele fala baixinho:

— Quero uma porção extra de bacon, por favor.

Minha vontade é questionar. Mas quem sou eu para perguntar por que um cliente deseja mais bacon? Ele vai pagar, então não tenho nada a ver com isso.

Minutos depois, o sininho toca. Levo os pedidos e, quando vou entregar a porção extra de bacon para Davi, ele me pede para embrulhar para viagem. Que cara estranho. Quem pede bacon para viagem? De mau grado, o levo de volta para a cozinha e o embrulho. Depois de servidos, eu só posso observar.

Ninguém mais entrou na lanchonete, obviamente. Não tenho trabalho para me manter ocupada e me entretenho com meus próprios pensamentos. Descubro rapidamente que isso não dará certo, porque eles só me levam a um lugar: um lugar sombrio, onde um certo cara me assombra, mostrando-me tudo o que quero, mas não posso ter. E isso é pior do que o vazio que eu sentia antes de ele aparecer. Aquele vazio me mantinha alerta e trancada com meus próprios sentimentos. Às vezes, até esquecia que podia sentir. Seria mais fácil.

Não faz sentido ficar tão perturbada por causa de um cara que vi três vezes na vida. Na primeira, roubei um bacon do seu prato *depois* de ser grosseira por ele querer tomar café num dia quente. Na segunda, um encontro constrangedor em que eu me encontrava nua, tomando banho atrás de um celeiro, e ele tentava preservar a minha honra, me entregando uma toalha. E agora, na terceira vez, eu soo meio histérica ao soltar a maior gargalhada por causa do seu almoço. Jesus. Estou com problemas.

Acho que o pior é pensar que, em todos esses momentos, ele foi mais simpático e cavalheiro do que qualquer pessoa que já conheci. Isso não está ajudando em nada a minha missão de ignorá-lo completamente, odiá-lo por tomar café e ser a mais grosseira possível sem perder meu emprego. Isso está ficando cansativo. Minhas chances de ignorá-lo diminuem a cada momento em que eu olho com o canto do olho e percebo que ele está me encarando *abertamente*. Ora sorri, dentes brancos e retos, ora franze a testa, como se estivesse confuso ou preocupado. Mas o que preocupa *mesmo* é quando ele me encara sem exibir reação nenhuma, seus olhos perfurando minha carcaça, entrando em mim, puxando meu coração na sua direção.

Quando finalmente terminam de comer, suspiro de alívio. Estava esperando ansiosamente que saíssem, para que eu possa respirar novamente, sem esse aperto estranho no peito. Os três se dirigem à porta, mas Davi se desvia do seu caminho e vem até o balcão, me encarando intensamente. Desta vez, não sorri. Seu rosto está sério, os lábios franzidos, como se não soubesse o que falar. Minhas defesas estão abaixadas, por isso só o encaro de volta, esperando. Ele abre a boca repetidas vezes, mas nada sai. Quando achei que iria embora, pega o embrulho que contém o seu bacon para viagem e empurra na minha direção, dando uma piscadinha e saindo rapidamente. Observo o pacote como se, a qualquer momento, um bicho pudesse pular dali e me atacar. Em seguida, olho para a porta, esperando ouvir risadinhas. Mas nada acontece. No meu subconsciente chocado, penso que eu deveria ter me sentido ofendida com esse presente, e a atitude correta seria jogar o bacon em cima dele. Quase imediatamente, como um pressentimento, meu estômago ronca *alto,* e lanço todo o meu moral pela janela. Agarro o pacote e devoro tudo.

4

DAVI

Eu não queria sentir *pena* dela, mas não pude evitar. Vi o dia em que pegou um bacon do meu prato e comeu como se fosse a melhor coisa do mundo. Quis fazer isso por ela. Agora ela deve achar que sou um babaca que está querendo humilhá-la. Mas tudo o que pensei foi que ela merecia aquilo, se isso é o que a faz feliz. E só cogitei, de modo egoísta, que ela poderia pensar em mim depois. Idiotice minha.

Mas agora isso não importa muito; não tenho como voltar atrás. Afinal, ou ela comeu o bacon, ou o jogou fora, e isso faz toda a diferença, mas ao mesmo tempo não muda nada. Se comeu, provavelmente ficou agradecida por meu pequeno ato de bondade, mas sente-se envergonhada; e, se não comeu, bem, provavelmente me odeia neste momento.

Depois de ficar o dia todo debaixo do sol escaldante, decido que já estou queimado e suado o suficiente, e posso tomar um banho e descansar. Mas, antes que eu dê um passo, vejo uma silhueta pequena e loira saindo da lanchonete, toda apressada. Já são sete da noite, e ela parece cabisbaixa. Decido que não tenho nada a perder ao me aproximar e tentar puxar uma conversa – normal, para variar, já que nossos encontros costumam ser extremamente constrangedores.

Ela não olha para os lados quando me aproximo; parece extremamente concentrada em acompanhar os próprios pés, que se movem bem rápido para uma pessoa tão pequena. Aumento meus próprios passos, quase correndo, e chego ao seu lado, meio sem fôlego. Finalmente ela para a *corrida* abruptamente e me encara com olhos arregalados. No sol do fim do dia, meio alaranjado, consigo ver cada detalhe de seu rosto. As pequenas sardas na ponta do nariz, os olhos de um verde profundo, os cílios pretos e longos. Percebo que ela está um pouco ofegante, talvez pelo calor, mas internamente torço para que ela esteja tão afetada pela minha presença como estou pela sua.

– Oi... – digo, parando também na beira da estrada poeirenta.

Ela não responde, apenas me encara. Desta vez, porém, não vejo nenhuma restrição ou repulsa; ela me olha como se me enxergasse pela primeira vez, como se me visse por inteiro. Isso é altamente perturbador, porém ao mesmo tempo libertador. Parece analisar minhas intenções e decidir que não sou um assassino em série nem um maluco psicopata, porque suspira e me oferece uma fraca recepção:

– Oi.

Eu fico parado, balançando o corpo para a frente e para trás, esperando que ela fale alguma coisa, qualquer coisa. Como nada sai da sua boca, prossigo:

– Hã, será que posso acompanhá-la? Vou para a cidade também.

Espero, ansioso, que ela me responda ou me lance um sorriso. Finalmente, um murmúrio sai da sua boca perfeita:

— Claro, tudo bem. — E começa a andar novamente.

Como o silêncio é pior do que conversa fiada, pergunto:

— Gostou do bacon?

Arrependo-me imediatamente, é óbvio, mas não posso pegar as palavras de volta. Na ausência de palavras, teria sido melhor ficar calado. Mais sinto do que vejo quando sua cabeça se volta rapidamente na minha direção. Acho que ela não pensou que eu teria coragem de perguntar, de mencionar o bacon. Nem eu acredito que fiz isso.

É difícil encará-la agora, enquanto seus olhos fitam o horizonte, e ela parece tão frágil e envergonhada que quero sair correndo e me esconder, ou simplesmente me desculpar. É isso que começo a fazer, mas ela me interrompe e me surpreende dizendo:

— Sim, estavam ótimos, na verdade. Obrigada.

Por um momento, esqueço que estou falando sobre bacon, esqueço o calor e a poeira, e olho para ela. Para o pequeno sorriso que desponta na sua boca. Tão pequeno que poderia passar despercebido se eu não estivesse enfeitiçado, prestando atenção em cada detalhe. Ela parece não ter percebido que sorria, como se fosse muito estranho e raro, e a vejo colocando os dedos sobre os lábios, como se não acreditasse. Claro, isso só me faz prestar mais atenção ainda na sua boca, ativando todos os sentidos do meu corpo. Neste momento, sinto que eu poderia a devorar, a consumir, e isso me assusta como nada antes.

Como se entendesse os sentimentos avassaladores que tomam conta de mim, afasta a mão, resmunga e recomeça a andar. A postura relaxada sumiu, e ela voltou a ser Savanah, a garçonete mal-humorada. Andamos por quase meia hora em silêncio e finalmente começamos a ver as pequenas luzes que permeiam a cidade. As fazendas e os celeiros durante o caminho são parcamente iluminados, o que me faz pensar como é realmente perigoso que ela ande sozinha por aqui todos os dias.

— Vou passar na mercearia antes de ir para casa — diz. — Obrigada por me acompanhar, mas posso continuar sozinha daqui.

Sim, acho que isso foi um fora, apesar de ter sido um fora bem-educado para os *padrões dela*. Tenho vontade de insistir, mas sinto que já estou no lucro por ter vindo até aqui; não quero abusar. Ao mesmo tempo, sinto uma *necessidade* de estar ao seu lado, apenas por alguns minutos a mais.

— Posso ir com você até lá; isso não vai me atrapalhar em nada — insisto, aguardando que ela me expulse.

Para minha surpresa, ela apenas assente com a cabeça, o que me deixa extremamente aliviado.

Chegamos à mercearia e, claro, está tudo deserto. Savanah entra na loja, e fico à porta, aguardando. Vejo quando ela chega ao caixa e passa uma barra de chocolate *gigante* e uma garrafa de água. Só isso. Não consigo evitar franzir o rosto para suas escolhas de alimentação.

Ela sai e percebe que ainda estou parado lá, e parece surpresa.

— Achei que você já tinha ido embora. — Sua voz está tensa, mas não tem aquele ar arrogante de antes.

— Eu disse que a acompanharia até a casa, e vou acompanhar. Quer que eu leve a sua sacola? — pergunto, tentando ser simpático.

— Não; pode deixar — ela responde. — Está superleve.

— Tudo bem. Mas me conte: você mora aqui desde sempre? — Tento soar casual e desinteressado, mas essa garota me intriga.

Quero saber tudo sobre ela. No entanto, ela não parece muito inclinada a me contar sobre a sua vida, mas responde, mesmo parecendo meio contrariada:

– Não. Faz só seis meses; precisava de uma mudança de ambiente.

Sinto que toquei num assunto delicado e fora dos limites, o que me intriga ainda mais. Por que uma garota como ela veio parar num lugar como este? Sei que não tenho o direito de perguntar, *ainda*. Como ela não fala mais nada, resolvo continuar:

– E de onde você veio? O que deixou para trás? – Tento fazer a pergunta de uma forma descontraída, pensando em tranquilizá-la, mas isso não acontece.

Ela empertiga o ombro e responde com uma triste franqueza, que faz meus joelhos bambearem:

– Tudo. Deixei tudo para trás.

5

~~LIVE~~ SAVANAH

Não sei por que me permiti responder a esse estranho de forma tão crua e franca. Eu disse a verdade, depois de muito tempo mentindo. E devo dizer que foi libertador, de certa forma. Claro que isso não é o suficiente para eu me sentir bem com as outras mentiras que contei e que precisarei continuar contando. Mas não deixo de sentir alívio ao pronunciar as palavras mais verdadeiras que já disse em muito tempo. Eu realmente deixei tudo. Mas a outra verdade, ainda mais horrível e que eu não posso admitir, é que tudo o que deixei não me faz falta. Nem por um momento eu penso em voltar. Aquilo que eu abandonei para que pudesse *viver*. Foi a melhor escolha da minha vida, apesar de saber que não tive realmente *escolha.* Era fugir, ou me perder para sempre.

Foi uma boa escolha, apesar das dificuldades. Sinto orgulho do que me tornei, mas uma parte bem pequena de mim anseia por alguém que me ouça de verdade. Anseia por alguém que me conheça; eu mesma, e não esse ser inventado. Sei que é impossível nesta vida nova que criei para mim. Agora, me contento com as pequenas coisas, que são minhas e que posso controlar.

Davi, no entanto, ao questionar coisas tão simples, mas tão perigosas, me faz perceber que *ele* é uma coisa grandiosa chegando à minha pequena vida montada. Veio sem segundas intenções, mas com certeza *pode* me destruir, da pior forma que existe. Por dentro. Despedaçando minha alma e meu coração. Confundindo minhas emoções, me deixando vulnerável, fazendo com que eu *queira* me abrir e conhecer alguém; deixar que alguém me conheça.

Por isso começo a pensar em todas as coisas desagradáveis que posso fazer para o afastar, e me sinto mal por ter de fazer isso. Mas a verdade é que, se eu o deixar se aproximar, vou me lembrar de como é sentir, de como é bom ser normal — e de como é bom simplesmente *ter* alguém que se importe.

Já estou com uma dispensa bem mal-educada na ponta da língua, esperando que somente isso seja capaz de afastá-lo; o que duvido, já que não parece o tipo de cara que se assusta facilmente. Tenho a impressão de que, se for o que ele quer, será necessário mais do que algumas palavras bruscas para o fazer me deixar em paz. Mas, antes que eu possa proferir as palavras, ele me interrompe:

— Fiquei sabendo que na sexta que vem vai ter uma *superfesta* no celeiro da Amy.

Isso me faz parar; o celeiro de Amy é a *minha casa*. O que parece terrível, já que não terei como me esconder, nem dormir, nem ler, nem ficar sozinha. Na minha mente, me pergunto por que *diabos* ela resolveu fazer uma festa sabendo que moro lá.

Ele não parece animado, mas continua ao me ver calada, desta vez forçando a voz para que pareça feliz:

— Dizem que as festas no celeiro são as melhores...

Não acho que acredita realmente nisso. Garoto esperto. Por dentro, apesar de toda a preocupação recente, uma gargalhada cresce no meu peito. Ele *não tem ideia* do que realmente é uma festa no celeiro. Desta vez, sem me conter, respondo, levantando a sobrancelha e falando com a minha melhor voz de ironia:

— Claro que são as melhores. Não tem outras festas por aqui que não sejam no celeiro. Só de imaginar a cidade toda apinhada num monte de feno e cocô de cavalo e sem nenhuma janela para circular o ar já fico ansiosa.

Meu sorriso se alarga, e percebo que estou me divertindo. Essa pequena conversa sem sentido me fez *feliz*. Davi franze a testa, mas seu semblante muda quando nossos olhos se encontram. Ele parece compartilhar da minha alegria. Por apenas um segundo, me perco naquele olhar. Esqueço quem sou, quem eu deveria ser; penso nas mentiras que criei, em tudo que deixei para trás, o futuro e o passado. Tento memorizar seus traços, sua expressão, seu modo de me encarar. Não me iludo pensando que este instante vá durar, mas sei, sem sombra de dúvida, que este pequeno momento fará parte dos meus dias tristes e solitários, e lembrarei que nem tudo no mundo é ruim, que algumas coisas simplesmente valem a pena.

Sei que não se passaram mais do que alguns segundos, mas me sinto abalada quando volto à razão e ainda o vejo parado à minha frente, me encarando. Parece esperar a resposta para uma pergunta que não ouvi. Preciso sacudir a cabeça e pedir para que ele repita.

— Já que está tão ansiosa por essa festa, que tal se eu a acompanhar, *como amigo?*

Percebo sua ansiedade pela minha resposta, e devo dizer que é bem fofo. Já que a festa acontecerá "no meu quarto", não tem como eu não estar presente. Mas não preciso dizer isso. O que eu deveria mesmo fazer é dispensá-lo e me manter afastada e escondida na sexta-feira. Mas acho que a razão me abandonou por um momento, porque me pego assentindo.

— Tudo bem. Mas não é um encontro.

Ele parece surpreso por eu ter dito que sim. *Eu* estou surpresa por ter dito que sim. Em seis meses, fiz uma amiga, não fui a nenhuma festa e não falo mais do que o necessário com ninguém. Não me exponho. Com ele, no entanto, sinto necessidade de concordar, de ficar perto. Tento me enganar, dizendo que não significa nada, que não fará mal ir a uma festa com um cara que não conheço e que não me conhece. Isso não vai mudar a minha vida. Estou disposta a arriscar apenas para ter mais um momento com ele.

6

DAVI

Ela disse *sim*. Tento não ficar muito empolgado, afinal é só uma festa num celeiro, e fiz questão de frisar a parte sobre irmos *apenas como amigos*. Em minha defesa, não imaginei que ela fosse aceitar sem questionar, ou xingar, ou brigar. Pensei que falar sobre irmos como amigos, descartando a possibilidade de um encontro, a convenceria mais facilmente. No entanto, ela concordou rápido demais, nem parecendo a mesma garota de cara fechada que conheci na lanchonete. Na verdade, talvez eu *devesse* ter falado que era um encontro.

Na minha vida antiga, na faculdade, na minha casa, eu não tinha encontros. Eu não buscava companhia, não sentia necessidade nem vontade de me aproximar das pessoas. Claro, tenho bons amigos, mas poucos. Mantive namoros curtos, ficadas sem importância, algumas que duravam apenas uma noite. Mas nunca chamei uma garota para sair. Geralmente, era um acordo mútuo baseado num olhar, às vezes sem uma palavra dita. Apenas diversão. Nunca fiquei tão nervoso e ansioso esperando uma resposta. Por algum motivo, a atração que sinto neste momento não é apenas física, apesar de eu realmente estar sentindo *muitas coisas* pelo meu corpo. É um querer estar perto, querer conhecer, querer *desvendar*.

Finalmente, parece que meu cérebro voltou a fazer contato direto com minha língua, e eu consigo responder quase sem gaguejar. Quase.

— Ah, legal. Posso te buscar na sua casa. Vou acompanhar agora, assim poderei saber o caminho e voltar na semana que vem, às oito. O que você acha?

Todas as palavras saem meio atropeladas, pois tenho medo de, a qualquer momento, perceber que me enganei, que ela rejeitou meu convite.

— *Não!* — A resposta sai como um grasnido agudo.

Fico surpreso, mas ela logo se recupera; parece perceber que exagerou e volta a falar, com uma calma controlada que me faz ficar mais nervoso ainda.

— Quero dizer, não precisa me acompanhar agora até em casa, e também não precisa me acompanhar até o celeiro da Amy na sexta. Sei muito bem onde fica. A gente pode se encontrar lá.

Toda essa frase sai de uma vez, sem pausas para respiração, e, quando ela termina, fica tudo muito quieto, exceto o barulho da sua respiração ofegante e rápida, e o meu coração batendo forte.

— Por que não?

Estou desconfiado. Não sei do que, e sinceramente não sei por que isso me parece tão importante, mas não consigo deixar para lá. Em qualquer outra ocasião, com qualquer outra pessoa, eu não me importaria nem um pouco em encontrá-la direto na festa. Na verdade, eu preferiria não ter de bancar o cavalheiro. Mas, aqui, com ela, eu *quero*. Tudo está saindo do controle rapidamente. A resignação está retornando ao seu olhar, e vejo que, seja lá o que esta conversa tenha acionado, fez com que ela comece a voltar ao seu modo fechado. Como isso é a última coisa que quero que aconteça no momento, resolvo deixar para lá. Quem sabe, num futuro próximo, eu possa fazê-la se abrir.

— Quer saber? — prossigo. — Tudo bem. Se prefere assim, a gente se encontra lá. Às oito. Apesar de não ser um encontro, estou ansioso para passar um tempo com você, e quero aproveitar cada segundo. — Termino a frase com uma piscadela. Estou virando um daqueles idiotas da faculdade, que acham que somente piscar é o suficiente para conquistar uma garota.

Ela parece pensar o mesmo, porque me lança um olhar gelado, de puro desprezo, e levanta a sobrancelha como quem diz: *acha mesmo que vou cair nessa?*

Engulo em seco e baixo o olhar, um pouco envergonhado; ao mesmo tempo me sinto vitorioso. Parece que a nossa terceira interação está indo muito melhor do que as duas primeiras. É claro que os episódios do café e do bacon serão difíceis de superar no quesito "constrangedor", mas não duvido de que *poderia* ser pior. Com certeza ela não acabou com o seu estoque de coisas desprezíveis a se falar quando quer dispensar alguém. Tenho certeza disso, mas não pretendo testar minha teoria. Espero que, depois de hoje, as coisas só melhorem entre nós.

— Certo — ela responde. — Quero dizer, a gente se encontra lá às oito. Mas falta bastante tempo. Talvez eu me esqueça, porque não gosto muito de festas. Talvez seja melhor eu ficar em casa.

Na hora, entro em pânico. Não quero que ela me dispense. Quero, ou melhor, *preciso* desse tempo com ela. Por puro instinto, me aproximo e seguro suas mãos, que estão geladas, nas minhas. Minha vontade é abraçá-la e não soltar mais. Não faz sentido sentir uma atração tão forte e irresistível por uma desconhecida, mas isso já saiu do meu controle. Meus pensamentos estão tão disparados quanto meu coração, que parece querer sair pela boca. Nunca senti isto antes e sei que deveria estar assustado, mas não estou. Encarando os olhos arregalados de Savanah, só consigo pensar no quanto ela é linda, e no quanto estamos perto um do outro. Ela tem de levantar a cabeça para olhar para mim, já que sou bem mais alto, e, dessa forma, a lua ilumina suas feições.

O que vejo refletido ali me faz ofegar. Ela tem os olhos arregalados de surpresa, mas não enxergo medo. Seus olhos verdes estão mais escuros e profundos; suas bochechas estão coradas, destacando as pequenas sardas no nariz, e sua boca está levemente aberta, como se fosse difícil respirar, como se estivesse *sufocando*. Nossas respirações estão no mesmo ritmo, rápidas e inconstantes, e o espaço que havia entre nossos corpos não existe mais. Não percebi que me aproximei tanto, mas não ligo. A única coisa que me separa dela são as suas mãos, que eu ainda seguro próximo ao meu peito.

Sinto-a tremer e me aproximo ainda mais, o que a obriga a espalmar as mãos no meu peito. Esse simples toque me paralisa, e penso que, assim como ela, estou tremendo — não sei se é antecipação por algo, ou medo desta onda avassaladora de sentimentos, ou o arrepio que percorre meu corpo inteiro. Neste momento, não sei se sou capaz de me afastar. Não sei se sou capaz de controlar a minha vontade de beijá-la como se minha vida dependesse disso, como se ela fosse o meu ar e a minha luz. Ela simplesmente olha para mim agora. Aguardando? Testando? Não tenho ideia e não me importo.

Estou baixando a cabeça, devagar, dando a ela a chance de se afastar, mas torcendo fervorosamente para que não faça isso. Felizmente, continua parada, a cabeça inclinada, olhando para a minha boca como se quisesse devorá-la. Espero que ela queira e que faça isso. Num último momento, antes de encostar meus lábios nos seus, eu levanto o olhar e procuro a confirmação de que preciso para ir em frente. Ela parece lutar com algo somente dentro da sua cabeça, mas finalmente, *finalmente*, fecha os olhos, como se me desse um consentimento silencioso. Respiro aliviado e encosto minha boca na sua.

Começo uma exploração lenta, primeiro só com os lábios se tocando, um toque suave e inocente, sentindo a textura e a temperatura da sua boca. Depois, num ato de pura coragem, minha língua desliza para fora, delineando seu lábio inferior, e, por fim, dou uma mordida suave, provocadora. Sinto quando um pequeno gemido sai pela fresta dos seus lábios, e sua boca se abre por completo para que eu entre. Neste momento, todo o meu controle sai porta afora, e eu empurro minha língua para dentro, com força, querendo sentir seu sabor. Ela se agarra na minha camisa com as duas mãos, para se manter firme, e eu passo meus braços pela sua cintura, trazendo-a para perto, querendo grudá-la em mim. Depois de alguns segundos, suas mãos pequenas me soltam, e ela abre os olhos, afastando-se em seguida.

Libero-a do meu abraço e a observo enquanto toma distância de mim, dando vários passos para trás, a mão nos lábios como se ainda me sentisse bem ali. Percebo que seus olhos estão molhados, meio incrédulos com o que acabou de acontecer. Sei que esse beijo foi inesperado, talvez precipitado, mas não me arrependo. Foi o melhor beijo da minha vida. Quero outro, e outro, e mais outro. Quero mais dela do que jamais quis de outra pessoa.

— Ai-meu-Deus. Ai-meu-Deus. Ai-meu-Deus.

Ela parece em pânico, mas não faz sentido nenhum. Tenho certeza de que gostou do beijo tanto quanto eu. Mas sua expressão corporal é tensa e trêmula; balança a cabeça de um lado para o outro, como se não acreditasse.

Tento chegar perto, perguntar se está tudo bem. Mas, quando estou me aproximando, Savanah levanta as duas mãos, me pedindo para parar. Empaco no meio do caminho, atordoado. Como pode mudar tão depressa? Como pode numa hora me agarrar e na outra me afastar? Ela apruma a postura e parece retomar o controle de si.

— Isso não deveria ter acontecido. Não sei por que deixei isso acontecer. E, só para você saber, não vai se repetir. — Sua voz endureceu; voltou a ser a garota da lanchonete.

— Por que não? Foi só um beijo. Não estou propondo namoro nem nada. — Pelo jeito, foi a coisa errada a se dizer, já que um sorrisinho nada amigável surge nos seus lábios, que ainda estão vermelhos e inchados do beijo. Desvio o olhar. Porque não foi só um beijo. Foi um beijo *magnífico* e *perfeito*, que eu nunca esquecerei.

— Claro que você não está propondo nada. Você mal me conhece. É. Foi só um beijo que não vai se repetir.

— Já disse isso. Está tentando me convencer ou convencer a si mesma?

— Eu... — Gagueja, tentando retrucar o que falei, mas parece não achar resposta. — É melhor eu ir embora — fala baixinho, saindo com cabeça baixa e passos rápidos.

Vou atrás, já que pretendia a acompanhar até em casa antes de tudo. Mas ela para, ainda de costas, e fala, com absoluto controle das palavras agora, soando fria e inalcançável:

— Vou sozinha. Te vejo na sexta que vem.

Não me dá a chance de responder, sai andando rápido; parado no meio da praça deserta, tento ordenar os meus pensamentos e justificar minha vontade quase incontrolável de tê-la para mim.

No fim, decido que a melhor decisão que posso tomar agora é entrar debaixo de um chuveiro muito, muito gelado, e esperar que, por um milagre, ela resolva repetir o beijo de hoje.

7

~~LIVE~~ SAVANAH

Praticamente correndo, tento colocar o máximo de distância possível entre mim e Davi. A grandiosidade do que acabou de acontecer me pegou tão despreparada que estou sem ar, como se estivesse tendo um ataque de pânico. Depois de uns dez minutos de corrida, paro, ofegante, e olho para trás, esperando que ele tenha me deixado ir; tenho a sensação de que, se ele estivesse do meu lado, eu me jogaria em cima dele e não teria mais volta.

Com alívio e uma pequena dose de decepção, recomeço a andar, desta vez mais devagar, inspirando pelo nariz e expirando pela boca. Meus pensamentos estão tão emaranhados e confusos que não consigo focar nos meus próprios pés, e, mesmo andando o mais devagar possível, ainda tropeço várias vezes. Sinto-me atordoada e culpada. Não podia ter o deixado se aproximar. Apesar de saber que um único beijo não é capaz de fazer Davi me conhecer, que um beijo não significa que ele vai descobrir os meus segredos ou qualquer coisa assim, nunca tive algo como aquilo. Nunca senti como se um beijo fosse me consumir, me sugar. O pior de tudo foi a vontade avassaladora que eu tive de não parar. Eu queria mais, queria tudo. Deixei meu coração tomar o lugar da razão, deixei de fingir que não sentia nada.

Depois de tanto tempo acostumada ao vazio, alguém chega e te faz *lembrar*. É tão doloroso sentir e ter de esquecer. Por isso eu afasto as pessoas, para não sofrer quando eu tiver de partir. Além do mais, não se constroem relacionamentos com base em mentiras. E não é uma opção dizer a verdade. Tento me convencer de que assim é melhor. De que só aceitei ir à festa acompanhada de Davi porque ele fora gentil e deixara claro que iremos como amigos. Acho que a ideia de irmos como amigos foi por água abaixo depois daquele beijo quente e amigável *demais*. Claro que, conscientemente, me arrependo por tal proximidade, mas, internamente, e se eu conseguir admitir para mim mesma, bolhas de felicidade pipocam no meu peito, além do desejo primitivo e irracional.

Percebo que estou nas proximidades do celeiro e que me perdi em pensamentos. Está tudo escuro, como sempre, e somente vejo a pequena luz amarela saindo pela janela da casa de Amy, ao longe. Empurro as portas duplas do celeiro, apenas o suficiente para o meu corpo passar espremido. A penumbra quase me sufoca. Claro, além disso, há o cheiro de esterco e mofo inconfundível, ao qual não consigo me acostumar. Sigo orientada pelas paredes, tateando até encontrar a escada no canto, e subo com dificuldade, já que ainda estou meio trêmula. Num dia como este, eu só quero me deitar numa banheira com água quente, até que meus músculos tensos e doloridos relaxem. No entanto, como a exaustão do dia não me permite descer até a mangueira, vou me contentar em usar a água do balde e um pano.

Só percebo que minha sacola não está comigo quando meu estômago ronca. Devo ter deixado cair depois do momento acalorado com Davi. Paciência. Acho que tudo o que resta é tentar apagar este dia da minha mente através de uma noite de sono. Acontece que fico deitada olhando para o teto por horas, sem pregar o olho. Contemplo as estrelas que aparecem através da claraboia e começo a imaginar que podem me ouvir, que podem realizar desejos impossíveis. Numa onda de desespero e esperança, eu rezo. Não para um Deus que me abandonou há muito tempo. Peço para as estrelas, tão brilhantes, e reais, e inalcançáveis. Inalcançáveis como meus sonhos mais secretos e profundos. Sei que amanhã vestirei minha máscara de megera e fingirei não ter sentimentos. Mas, por hoje, por um instante roubado, peço que eu tenha coragem de contar às pessoas importantes quem sou de verdade, do que eu fugi, do que tenho medo. Quero que alguém me segure, me dê um ombro para chorar, e quero conseguir chorar tudo o que tenho dentro de mim. Mas meu principal desejo, nesta noite, é que eu possa experimentar novamente o beijo dele. O beijo de Davi.

•

São dez da noite. Do meu quarto fechado, ainda ouço o barulho do som alto e das risadas agudas dos amigos da minha mãe. É assim todos os dias, desde que meu pai morreu. A bebida se tornou sua eterna companheira, enquanto eu, cansada de tentar a ajudar a se reerguer, apenas tento fingir que não me importo, que não a estou vendo se matar aos poucos. Meu pai sempre foi o alicerce da nossa família, a mantendo unida quando tudo parecia desmoronar. Minha mãe e eu sempre vivemos num cabo de guerra constante, no qual nenhuma das duas ganhava. Ela puxava; eu retrucava. Mas, agora, sem o meu pai para apaziguar as coisas, tudo está simplesmente saindo do controle.

Não vejo a hora de ir para a faculdade, bem longe daqui. Claro, minha mãe ainda vai arcar com os meus estudos, mas espero que por pouco tempo. Pretendo conseguir qualquer emprego para não depender mais dela. Ultimamente, eu sou invisível. Ela dorme todos os dias depois das duas da madrugada, geralmente no sofá, pois está tão bêbada que não consegue chegar à cama. Eu me tranco no quarto depois das seis da tarde e não saio por nada. Levanto às sete e vou para a escola, então também não converso com ela de manhã.

Essa rotina quase não me incomoda, mas sinto tanta falta do meu pai que alguns dias acho que estou perdendo o ar, literalmente. As coisas mudaram tanto que eu não me reconheço, não reconheço minha casa, meus amigos, minha própria mãe. Não que algum dia ela tenha sido especialmente atenciosa comigo; sempre a achei meio superficial e egocêntrica, apesar de nunca sequer ter deixado esse pensamento escapar. Porém, agora, com tudo saindo do controle tão rapidamente, vejo-me pensando se ela não deveria estar cuidando de mim, dando-me apoio.

Suspiro com o pensamento perturbador de que, daqui a seis meses, ela ficará sozinha nesta casa, fazendo o que bem entender com o dinheiro que a gente ainda tem guardado. Mas não me permito pensar muito nisso. O dinheiro é o que menos me preocupa, já que não tenho intenção nenhuma de o usar além da necessidade.

Estou me virando de um lado para o outro na cama, tentando pegar no sono apesar do barulho de vozes altíssimas. Um som mais alto ainda. Copos quebrando, risadas estridentes... Pego o travesseiro e o coloco na cabeça, tentando abafar os sons. Mais seis meses. Só preciso aguentar mais seis meses, e depois... liberdade.

Finalmente durmo, sorrindo e pensando que esta agonia vai acabar logo, logo.

•

Acordo sobressaltada. Como sempre. Claro, não foi o pior sonho que já tive. Quando tenho um pesadelo de verdade, um terror profundo se apossa de mim e me mantém refém por horas, me fazendo tremer e chorar. Mas sonhar com a minha mãe, com a vida de *antes*, é sempre um pouco desconfortável. Eu almejava tanto aquela liberdade, mas quem dera eu tivesse permanecido em casa. Às vezes, a liberdade que tanto queremos pode se tornar nossa maior prisão, e a mais difícil da qual se escapar.

Com este pensamento perturbador, levanto-me para mais um dia de trabalho entediante e de calor intenso. Outro pensamento mais perturbador ainda é o de que, provavelmente, verei Davi hoje e terei de enfrentá-lo depois do beijo avassalador de ontem. Sinceramente, eu tenho certeza de que não estou preparada para isso. O que eu preciso mesmo é de um tempo para colocar minha máscara no lugar, fingir que não aconteceu nada, e, se por acaso ele mencionar algo, fingir que *eu não me importei*. Mas essa última parte é tão possível quanto esperar uma geada cair nesta cidade.

Só me resta, portanto, me esconder sempre que possível, não manter contato visual, falar apenas por educação e tentar manter a compostura. Enquanto faço minha caminhada matinal até a lanchonete, reforço meus pensamentos, como se fosse um mantra: *não sorria, não demonstre simpatia, não olhe nos olhos*. Porque sei, sem sombra de dúvidas, que, se eu encarar seus olhos por um segundo sequer, ele conseguirá me desvendar. Sei que não conseguirei me controlar se ele olhar para mim com a mesma intensidade da noite passada.

•

No primeiro dia depois *daquela noite*, não vi Davi. Isso não quer dizer que parei de procurá-lo. Olhando de esguelha pela janela, ou encarando abertamente a porta a cada cinco minutos, esperando que ele aparecesse pedindo café. Mas ele não apareceu, nem na lanchonete, nem na barraca de escavação do lado de fora, o que me fez franzir a testa e crispar os lábios o caminho todo até em casa. Não o ter como acompanhante até a cidade, ou não ver aquele sorriso gentil que sempre surge no seu rosto, me causou enorme desapontamento.

Não consegui impedir meus pensamentos, descontentes pelo simples fato de não o ter visto. Eu tinha de me controlar. Tinha de ser sábia e prudente e agradecer aos céus por ele não ter aparecido, já que, dessa forma, fui poupada de todo o constrangimento que estava esperando.

Mas foi difícil não sentir falta da conversa fácil e brincalhona que ele sempre tinha na ponta da língua. E, por falar em língua, também foi difícil não me lembrar da sua na minha boca, explorando e sugando sem pudor. Só esse pensamento me transportou para lugares perigosos, onde eu me permitia imaginar e sonhar que eu teria mais daquilo, que poderia explorar seu corpo, além da sua boca. Conhecê-lo, saber seus gostos, seus sonhos e suas decepções. Só que falar sobre isso significaria ter de me abrir, e não seria bonito.

Com esse pensamento mais forte em mente, continuo a caminhada e me sinto muito mais racional quando chego ao celeiro. Isso até eu descer para tomar meu banho e ser assolada por pensamentos inadequados de quando Davi me flagrou ali, daquele mesmo jeito, noites atrás. Agora, contudo, fecho os olhos e o imagino comigo. Consigo senti-lo em todos os lugares, me segurando, me beijando, suspirando no meu pescoço. Um arrepio verdadeiro trespassa meu corpo. Arquejo e abro os olhos de uma só vez, totalmente petrificada com a reação. Continuo o banho, feliz pela água fria que faço questão de deixar cair no meu rosto, fingindo que ela é capaz de apagar os pensamentos impróprios que tive e que agora ficam se repetindo sem parar.

8

DAVI

Foi particularmente estressante e irritante não ter ido até a lanchonete ontem. Com certeza não senti falta da comida servida lá nem do café, por incrível que pareça. Apesar de ter sido um pouco infantil e nada cavalheiresco, eu admito que quis desaparecer por um dia, para testar a reação de Savanah ao meu sumiço. Infelizmente, o feitiço virou contra o feiticeiro: na hora do almoço, eu já tinha roído todas as minhas unhas até sangrarem, já tinha quebrado três copos e gritado com todo mundo que aparecia, inclusive com o cara da TV, que apresentava o jornal do meio-dia. *Simplesmente patético.* Não conseguia entender o que estava acontecendo. Eu a conheço há poucos dias e, nas raras ocasiões em que conversamos, não foram diálogos muito promissores.

Mas o beijo... O beijo de tirar o fôlego foi muito, mas muito promissor. E eu queria mais. Mas, acima disso, queria que *ela* quisesse mais. Foi por isso que esse plano imbecil e sem sentido surgiu. Como uma forma indireta de saber se ela queria, de fato, algo mais, apesar da sua reação depois do beijo. Como eu disse, saiu pela culatra, já que passei o dia trancado em casa *pensando nela*, cogitando se ela *pensava em mim*, mas sem saber de fato. Fui idiota.

No dia seguinte, eu estava tão agitado e arrependido que levantei ao raiar do sol e fui direto para a barraca de escavação, a fim de suar um pouco e ver se o trabalho pesado era o suficiente para dissipar tantos pensamentos estranhos. Claro que não foi o suficiente, o que só me deixou mais irritado ainda. Decidi que eu poderia ir até a lanchonete e apenas testar: ver sua reação, agir normalmente, como se eu não tivesse desaparecido.

Limpo as mãos e enxugo o rosto. Sou recebido por um sininho tocando na porta assim que a empurro. A primeira coisa que noto é que, apesar do ventilador que zumbe pendurado na parede, é que aqui dentro parece um forno. Ou o próprio inferno, de tão quente. Não parece possível, mas está mais quente do que *debaixo do próprio sol.*

Não estou aguentando a minha ansiedade, portanto vou direto ao balcão, em vez de me sentar a uma mesa e esperar ser servido. Mas Savanah não está aqui, para minha decepção. Amy me olha de cima para baixo, como uma observadora num museu, avaliando sem vergonha nenhuma. Pigarreio, encabulado. Ela parece notar a sua gafe e volta os olhos para o meu rosto, sorrindo e corando.

— Oi — cumprimento. — Sou Davi. Estou escavando para o projeto de exploração.

— Ah... Davi... O que posso fazer por você? — A pergunta sai um pouco sugestiva, dando a entender tudo o que ela gostaria de fazer por mim.

— Bem... — começo a falar, olhando para os lados, à procura dela, esperando que ela apareça como num passe de mágica. — A Savanah está por aí?

Seu sorriso morre na hora. Não gosto nada disso. Não consigo decifrar se a sua decepção vem de uma preocupação pela amiga, ou do desencanto por eu estar a procurá-la. Imediatamente fico em alerta, já que nenhuma das duas opções seria boa. Ou aconteceu alguma coisa com Savanah, ou sua amiga Amy não é tão sua amiga assim.

— Na verdade, ela trocou de turno. Vai trabalhar no segundo período esta semana toda. Das seis da tarde à meia-noite.

Fico extremamente surpreso. Tento não pensar que ela está fazendo isso para me evitar. Mas é impossível barrar tal pensamento. Por outro lado, não sou tão importante a ponto de fazê-la mudar de horário por minha causa. Estava na hora de baixar a bola e me colocar no meu lugar. Com certeza ela não faria isso. Só que, pensando bem, talvez ela pudesse fazer. Em nossos breves e atribulados encontros, deu para notar seu desconforto, apesar de parecer ter gostado bastante do meu beijo. Ela parecia extremamente arrependida depois. E isso é pior do que se tivesse me rejeitado logo de início. Porque, por mais sem sentido que seja, tive esperança. Esperança de que pudesse haver mais; um futuro talvez. Que besteira.

— Ah, claro — respondo. — Está bem, obrigado.

— Não vai pedir nada?

Ela parece ansiosa, um pouco desesperada até. Fico imaginando o que aconteceu no seu encontro com meu amigo. Imagino que não tenha dado muito certo.

— Não, não... Eu estou sem fome hoje. Mas será que posso deixar um bilhete?

Amy me olha com estranheza, mas não diz nada, apenas pega o papel quando o entrego para ela. Espero que ela não leia, apesar de não ser um bilhete propriamente pessoal.

Quando caminho porta afora, fico pensando se o bilhete foi uma boa ideia, ou se o melhor é tentar esquecê-la de vez. Afinal, um beijo não pode ter o poder de mudar a vida de alguém. Mas *ela* não sai da minha cabeça. Como tatuagem, parece estar permanentemente marcada em mim.

9

~~LIVE~~ SAVANAH

Tive de trocar de turno na lanchonete. Agora, tenho de sair de casa ao sol do meio-dia e voltar de madrugada, o que não é nada bom. Mas não tive escolha. Era isso, ou eu não conseguiria passar despercebida por Davi. Ele viria falar comigo, seria todo simpático, mostraria aquele sorriso, e eu com certeza não conseguiria *não o beijar*. Então, aqui estou eu, no meio da noite, andando neste calor que parece infinito, torcendo para os meus pés não caírem.

Ao chegar à lanchonete, um bilhete me espera. Amy o entrega para mim e, pela sua cara, ela tem esperança de que eu lhe mostre o que está escrito. Sem chance. Apenas dou um sorriso agradecido e vou para a cozinha.

Savanah,

Hoje é terça-feira, e faltam exatamente dez dias para o nosso não encontro na festa do celeiro. Confesso que estou nervoso com uma festa desse tipo. É muito brega usar botas de caubói e chapéu? Esses dias, vi uma loja aqui por perto especializada nisso. O que você acha?

P.S.: tenho certeza de que você ficaria muito sexy de bota e chapéu.

Pode parecer simples, e é, mas essas palavras são suficientes para me fazer sorrir, esquecendo a dor no pé, e até o calor, o que parecia impossível um minuto atrás.

•

No dia seguinte, ao chegar à lanchonete, outra surpresa. Davi deixou outro bilhete, o que eu não esperava.

Savanah,

Hoje aconteceu uma coisa interessante. Queimei a língua tomando café. Devo dizer que isso nunca tinha acontecido antes, e fico me perguntando se foi algum tipo de praga que você jogou em mim. Espero que não, mas não tenho certeza. Sei do seu completo ódio por esse líquido quente e maravilhoso. Acho que amanhã tomarei suco de laranja.

P.S.: faltam nove dias, mas quem está contando?

Sabe o sorriso bobo que as pessoas às vezes estampam no rosto e nem sabem por quê? Eu estava me tornando uma dessas pessoas, que sorriem para o nada e parecem muito, muito estranhas. Alguma coisa estava acontecendo comigo.

•

Depois do segundo bilhete, minhas expectativas aumentaram. Eu já chegava ao trabalho ansiosa para saber qual a gracinha que Davi escreveria para mim naquele dia.

Estava pensando uma coisa. É meio estranho eu deixar esses bilhetes para você e você nunca ter respondido nenhum deles. Assim, fico me sentindo um daqueles nerds solitários e tímidos, que ficam em casa o dia todo, pensando nas coisas que fariam se tivessem coragem, mas que nunca saem do papel.

P.S.: eu não tomei suco de laranja. O café é um vício que não consigo largar. Você terá de conviver com isso.

Resolvo responder, já que ele parece estar interessado em conversar dessa forma. Não sei por que ele simplesmente não aparece por aqui. Mas tenho de admitir que estou me divertindo.

Davi,

Primeiro de tudo, quem, em pleno século XXI, manda bilhetinhos? Que eu saiba, só os adolescentes apaixonados e envergonhados, que não têm coragem de encarar a garota. Você não é um adolescente, e duvido de que seja tímido. Então concluo que essa é uma tática de flerte. Apesar de estar gostando, espero que sua próxima jogada não seja enviar pombos-correios. Isso seria estranho e assustador. E eu não odeio café; só odeio café e calor juntos.

P.S.: acho que, mesmo sendo um pouco brega, você ficaria um gato de bota e chapéu de caubói.

Fico orgulhosa do meu pequeno bilhete. Talvez tenha exagerado um pouco, mas as habilidades de flerte e o seu jeito charmoso estão realmente marcando pontos comigo.

Davi não me decepcionou, e outro bilhete me aguarda na tarde seguinte. Amy parece um pouco confusa e um tanto irritada em ser o carteiro. Mas eu não ligo muito para o seu humor. O importante é que eu estou genuinamente feliz.

Savanah, querida,

Eu posso não ser exatamente um adolescente, nem tímido, mas o que posso fazer se você não me passou o seu número de telefone? Nem sei se tem celular, mas, afinal, quem em pleno século XXI não tem? Quem te ensinou que café só pode ser tomado no frio? Que coisa mais horrível de se pensar!

P.S.: pode ser que eu use as botas com fivelas que vi na vitrine da loja. Mas chapéu já é demais. E se você realmente tiver um celular, não se esqueça de me passar o número, para que eu possa deixar de ser tão antiquado.

Escrevo a minha resposta quase imediatamente. É um saco ter de esperar o outro dia para ver sua resposta, mas tem algo de puro e inocente em conversar dessa forma.

Agora você me pegou. Não tenho mesmo celular, e acho que bilhetes são a melhor forma de nos comunicarmos enquanto você não vem até aqui falar comigo pessoalmente. Afinal, por que você não está aparecendo aqui? E, só para constar, não é nada antiquado, e sim bem fofo enviar cartas. Também é romântico, apesar de não fazer muito sentido, já que não temos um encontro daqui a sete dias.

P.S.: não que eu esteja contando.

Tento não ficar muito chateada quando vejo que Davi não me respondeu no dia seguinte. Pareço uma criancinha mimada. É apenas um *bilhete*. Um bilhete fofo e carinhoso, mas que não significa nada.

Mesmo assim, não me controlo e, quando dou por mim, já estou escrevendo para ele novamente.

Fiquei meio preocupada por não ter um bilhete seu me esperando hoje. Imagino que você não tenha vindo tomar café. Será que a comida do Edward não o agrada mais? Os bacons são ótimos, posso garantir. Enfim, espero que você esteja bem e que não apareça aqui em um cavalo branco e com armadura brilhante, ou algo dramático assim. Isso seria bem pior que mandar pombos-correios.

Não preciso ficar louca, sem resposta, no outro dia, porque ele deixou, como sempre, com Amy, uma pequena folha de papel.

Fico lisonjeado por você ter sentido minha falta. Não, apesar de realmente ter comprado uma bota, ainda não aprendi a montar um cavalo. Eu não sei andar nem de moto. E o que é esse negócio de príncipe encantado e armadura brilhante? É esse seu sonho de menina, encontrar o príncipe encantado? Eu agradeço o elogio, mas não sou príncipe nenhum. E, sim, eu ainda gosto da comida do Edward, principalmente do bacon.

P.S.: falando sério agora, estive em uma escavação que durou o dia e a noite inteiros. Preciso urgentemente dormir, mas antes precisava mostrar que não me esqueci de você.

É ridículo estar totalmente derretida com a frase boba que diz que ele não se esqueceu de mim? A resposta é: *sim, totalmente ridículo,* mas isso não me impede de suspirar. Também quero dar uma lição nele, por me deixar esperando feito boba. Não respondo desta vez, apesar de estar me corroendo por dentro. Acho seu próximo bilhete bem engraçado:

Então quer dizer que você é do tipo vingativa, Savanah? Só porque não deixei um bilhete num dia, você resolveu me ignorar? Talvez você esteja sendo meio infantil. Desculpe por isso, eu exagerei. Talvez você tenha um bom motivo para não ter escrito. Mas espero, realmente, que esteja tudo bem e que você tenha apenas ficado de saco cheio de mim. Mentira. Não espero isso, na verdade. Quero que você deseje me responder, assim como eu espero ansiosamente toda manhã para escrever estas palavras bobas, esperando fazê-la sorrir.

Não estou mais rindo quando leio a última frase. Sei quando um cara está dando em cima de mim. E Davi, definitivamente, está flertando. Pior: estou gostando muito mais do que deveria. Se eu parar agora, talvez, *talvez,* ele desista. O problema é que eu quero continuar.

Peço desculpas por isso. Ao contrário de você, eu não tive nenhum motivo para não lhe escrever de volta. Foi uma vingança realmente infantil e sem sentido. Estou envergonhada. Mas, mudando de assunto, você acha mesmo que eu deveria colocar bota e chapéu? A festa não é temática, mas todo mundo já anda assim no dia a dia, então não ficaria estranho.

P.S.: espero que não tenha ficado muito chateado com a minha falta de resposta ontem.

Faltam só dois dias para a maldita e *aguardada* festa no celeiro. O último bilhete de Davi está mais simples do que todos os outros, como se as palavras não fossem mais o bastante.

Eu nunca poderia ficar bravo com você. Vou parar de escrever, para tentar mudar os rumos do meu pensamento e conseguir trabalhar um pouco. Fico o dia todo pensando no que escrever para você, e em como você vai me responder. Vejo-a na sexta.

P.S.: você deve usar botas e chapéu, com certeza.

Apesar de os bilhetes terem servido para amenizar um pouco a minha ansiedade de vê-lo, os dias passam dolorosamente devagar. Parece que cada dia tem o dobro de horas, que a temperatura está mais alta ainda, tornando tudo mais difícil. O ar é mais pesado e pegajoso. E é difícil ficar horas servindo mesas, indo de um lado para o outro, quando os meus pensamentos não conseguem se prender em mais nada além dele. Estou literalmente ficando louca. Amanhã é a festa no celeiro e o meu dia de folga. Estou tão apavorada que sinto vontade de vomitar. Ao mesmo tempo em que me sinto desesperada para ver Davi, torcendo para que ele não tenha desistido do nosso "encontro", o medo de me aproximar parece maior ainda, consumindo-me e torturando-me.

Está ficando cada vez mais difícil controlar minhas emoções e meus desejos. O desejo de ter alguém, *de tê-lo*, de sentir novamente e me deixar explorar esses sentimentos esquecidos, faz-me questionar cada pedaço desta nova vida. Faz-me questionar minhas decisões, pensando que talvez a ideia de sumir e começar de novo, de nunca me entregar e de nunca me ligar a outra pessoa, possa dar errado. Eu pensei que estar sozinha seria a melhor saída. Mas, às vezes, basta uma faísca para reacender a chama. No fundo, eu sempre soube que eu nunca seria o tipo de pessoa que é feliz com a solidão. Mas também não poderia imaginar que seria tão difícil manter uma decisão que parecia tão certa.

Acordo na sexta-feira parecendo um zumbi. A noite foi péssima, com cochilos intercalados com pesadelos. As olheiras em volta dos meus olhos me deixam com um aspecto envelhecido que eu nunca vi antes. Pareço estar me arrastando, dia após dia, sem realmente viver. A festa no celeiro é hoje, e eu, em vez de estar ansiosa como qualquer pessoa da minha idade, pareço uma condenada indo para o corredor da morte. A verdade é que, internamente, *estou* ansiosa. Mas é esse o maior problema. Eu não posso estar ansiosa, já que esse encontro não trará nada de bom.

Decidi que vou à festa, ao menos para tentar parecer comum, o que certamente não será nada fácil. Comportar-me como uma jovem despreocupada é tão impossível que me sinto tensa só de pensar em ter de fingir felicidade. O lado bom é que eu já estou na festa, *literalmente*, posto que o meu quarto é no celeiro, e a festa também. Resolvo que o melhor para esquecer é ajudar Amy com a organização, então acordo cedo e começo a me mexer. Não é nada agradável limpar um celeiro e deixá-lo apresentável, mas eu estou disposta a qualquer coisa, só para ver o dia passar mais rápido. Quando ouço meu estômago roncar alto o bastante para me assustar, percebo que se passaram várias horas, e Amy começa a trazer as comidas e bebidas, bem como as gigantescas caixas de som que servirão para animar todo mundo. Estremeço só de pensar que terei de aguentar o som alto pela noite toda.

Amy para abruptamente quando me vê parada, descabelada, de short e top, suada e suja, com a vassoura ainda na mão.

— Savanah! São cinco horas da tarde. Não me diga que você vai para a festa desse jeito. — Seu olhar é tão desaprovador que me sinto corar.

— Claro que não; eu só perdi a hora limpando. Vou me trocar agora mesmo.

— Savanah, as pessoas começarão a chegar às seis. Você sabe que o povo desta cidade não perde nem um minuto de comida e bebida de graça. Eles não se atrasam.

— Eu sei, eu sei. Vou me arrumar. Você termina aqui?

Ela nem se dá ao trabalho de responder. Com um gesto despreocupado, me dispensa. Largo a vassoura num canto e subo as escadas até o meu quarto. Sorte minha que ninguém aqui costuma reparar se você está com as mesmas roupas da festa passada.

Na minha antiga vida, isso seria um problema gravíssimo. No mínimo, eu seria ridicularizada e excluída dos melhores círculos sociais. Agora, me contento em colocar minha saia jeans clara, a regata branca que tem um decote decente, com rendinhas no busto, e minhas melhores botas de caubói, presente de Amy, que fez questão de salientar que "sem botas de caubói apropriadas, as pessoas poderiam pensar que você não é decente o bastante para viver aqui". Palavras dela, não minhas. Mas, de qualquer forma, fiquei grata em aceitar o presente, que usei muito nesses últimos meses. Até que elas combinam perfeitamente com o *look* "peão descolado". Depois de lavar o rosto, penteio o cabelo e o deixo solto, caindo nas costas. Passo um rímel e um *blush* bem leves. E *voilà*! Estou mais do que pronta.

Desço as escadas e encontro Amy ajeitando o som e terminando de posicionar o ponche e os copos. Vou até ela e dou uma voltinha, buscando sua aprovação.

— E aí, pareço decente para essa festa? — Arqueio as sobrancelhas de forma provocadora, inclinando o corpo e exibindo o decote.

— Fiu, fiu — assobia teatralmente. — Está tão gata que, se eu não gostasse de homens, com certeza daria em cima de você.

Amy é tão descarada e espirituosa que é difícil não se sentir imediatamente relaxada na sua presença. E é o que eu faço. Deixo-me relaxar, e, quando as primeiras pessoas começam a entrar pela porta aberta do celeiro, já estou me balançando ao ritmo da música, com um copo na mão, não me sentindo uma velha triste. Apenas observo, mantendo um sorriso contido no rosto, o que já é um avanço em relação à minha careta habitual.

Apesar de não estar relaxada o suficiente para conversar, posso aproveitar a música, comer e beber sem aquela preocupação sufocante que sempre me acompanha. Às oito, enquanto me sirvo de mais um copo de ponche (o quarto? Talvez seja o quinto...), *sinto* sua presença. Um tipo cósmico e mágico de energia vem diretamente até mim, me fazendo estremecer de leve. Olhando por cima do ombro, o vejo. Está perfeito, vestindo calça jeans justa, sapato preto, camiseta branca colada que exibe muitos músculos, camisa xadrez verde e cinza aberta e um *chapéu de caubói* que ficaria brega em qualquer outra pessoa, mas que nele é um afrodisíaco. Está olhando diretamente para mim, impassível, sem desviar o olhar nem piscar, absorvendo minha expressão deslumbrada, descendo rapidamente pelo meu corpo e parando um milésimo de segundo nas botas.

Quando volta a me olhar, um sorriso contido e charmoso surge em seus lábios, o que me faz engolir em seco. Ele virá em minha direção, eu tenho certeza, e já me preparo mentalmente para aguentar uma conversa civilizada e não pular no seu colo como um animal. Sinceramente, esse tipo de pensamento não poderia surgir em pior momento, já que estamos em um lugar abarrotado de pessoas, e coro feito uma adolescente.

Aperto o copo de plástico com tanta força que ele começa a entortar. Isso me faz entornar o resto de bebida que ainda tem ali e jogar o copo no lixo ao lado. Nesse meio-tempo, Davi atravessa a multidão e, para a minha plena satisfação, afasta com gentileza e firmeza todas as mulheres. Não posso culpá-las por tentarem chamar sua atenção. Ele é uma visão e tanto ali. O que me choca é o sentimento enfurecido e quase irracional que tenho de que *ele é meu*. O que é ridículo, contando que a gente se conhece há umas duas semanas e que trocamos meia dúzia de palavras e um beijo. Tudo bem que foi o melhor beijo de todos os tempos, e que eu ainda posso senti-lo toda vez que fecho os olhos, mas, mesmo assim... É um pensamento impróprio e perturbador, pois mostra o quanto ele me afeta.

Quando finalmente consegue se aproximar, estou ofegante, como se tivesse acabado de correr quilômetros. A respiração sai pela minha boca levemente aberta, e eu tenho certeza de que estou vermelha feito um pimentão. É esta a reação que ele me causa. O meu erro, no momento, é olhar para o seu peito largo e marcado pela camiseta colada. Tenho de engolir em seco e conter um gemido. Isso está ficando constrangedor. Tenho de pigarrear para limpar a garganta e conseguir olhar para o seu rosto. Quando faço isso, percebo que seu olhar brincalhão foi embora, sendo substituído por uma calma predadora, daquelas que antecedem um vendaval ou um ataque de um animal selvagem; esse olhar é de quem observa a sua presa, esperando o momento certo para atacar. E Deus me ajude, porque o que mais quero neste momento é me jogar em cima dele.

— Então, você realmente veio. — Tento manter a voz em um tom despreocupado, mas falho miseravelmente.

— Claro que eu vim; nós tínhamos um encontro. — Levanta a sobrancelha, como que me desafiando a discordar, o que, claramente, resolvo fazer.

— Não tínhamos um encontro, e sabe disso. — Estou um tanto emburrada, os braços cruzados na frente do corpo, numa posição defensiva.

Ele parece perceber meu desconforto, porque a próxima coisa que diz é:

— Ei, eu sei disso. Somente amigos, lembra? Estava brincando...

— Sei...

É evidente que eu sei no que ele está pensando. Eu sei, porque eu estou pensando na mesma coisa: como duas pessoas, depois de um beijo arrasador e arrebatador, poderiam ser apenas amigas? Como eu conseguiria olhar para ele e não lembrar? E o pior de tudo: como eu poderia não querer mais?

Por ora, tenho de me certificar de manter uma distância amigável, mas que seja suficiente para não despertar em mim desejos inapropriados.

— Vejo que você se vestiu apropriadamente para uma festa no celeiro. — Aponto para sua roupa com um gesto de cabeça, tentando fingir que a roupa não ficou absolutamente perfeita.

— Que bom que você reparou. Eu me vesti especialmente para você esta noite.

Esse comentário me deixa calada e me faz querer mais um copo de ponche, apenas para ter o que fazer. A noite será longa e difícil se ele continuar flertando comigo abertamente. E, pelo sorrisinho no seu rosto, ele com certeza o fará. Olhando-o de soslaio, relaxo.

Não tenho ilusões de mudar minha vida, de ter um relacionamento, nem nada parecido. Sei que, amanhã, tudo voltará ao normal, e, se não amanhã, quando ele voltar à sua própria vida, ficarei aqui e superarei. De novo. E o farei quantas vezes forem necessárias. Mas, agora, neste celeiro lotado, posso me permitir aproveitar. Não sairei por aí contando minha vida para todos nem para ele; longe disso. Mas, por dentro, eu posso ser eu mesma. Posso me divertir com um cara que parece *bom*. Afinal, ninguém aqui mencionou um relacionamento duradouro. Quem sabe eu possa apenas ficar ao lado dele, ouvi-lo falar sobre a sua vida, e quem sabe, no fim, eu possa beijá-lo de novo. Um beijo de despedida.

Decidida, me viro para ele e abro meu melhor sorriso, aquele verdadeiro, que guardo a sete chaves. Aquele sorriso antigo, que me lembra coisas boas, como almoços em família nos domingos ensolarados, filme no quarto da faculdade e baldes de pipoca nas festas do pijama, minha mãe arrumando meu cabelo para ir a uma festa...

Ele parece surpreso pela minha estranha e sincera felicidade. Vejo o momento em que entende que, ao menos por hoje, baixarei a guarda e serei eu mesma. Davi estende a mão para mim, num convite silencioso e conspirador. Prendo a respiração e, reunindo toda a minha coragem, coloco minha mão na sua.

10

DAVI

Esse sorriso faz meu mundo parar e meu coração palpitar descontroladamente. É um sorriso completo, o primeiro verdadeiramente feliz que vejo em seu rosto, e é a coisa mais linda que eu já vi na vida.

Entendo que, deste momento em diante, terei de fazê-la sorrir o tempo todo. Mas não quero o sorriso falso e contido. Quero esse: aberto, que faz seus olhos brilharem sob a luz fraca do celeiro. Esse sorriso está mudando minha vida, a fazendo tomar um caminho inesperado e totalmente surpreendente. E, por mais assustador que seja, ela vale a pena.

Pelo que parece uma eternidade, fico olhando para a sua mão pequena e pálida sobre a minha, bronzeada do sol, áspera pelo trabalho e muito maior que a sua. É perfeita demais para soltar, então, em vez disso, fecho meus dedos sobre os dela, assegurando que ela não soltará, e começo a guiá-la para um canto do celeiro, onde vários lotes enormes de feno servem de sofá improvisado. Ela me segue sem protestar. Sentamo-nos lado a lado, e me viro de frente para ela, para poder observá-la.

Savanah prende a respiração, parecendo um pouco insegura, o que é ridículo. Não tenho olhos para mais ninguém, e não há como estar mais feliz do que agora. Por fim, relaxa um pouco, mas não solta minha mão.

— Sabe — comento —, até que festas no celeiro são bem legais.

— Claro que são. O que você achou que teria aqui? Um touro mecânico?

A ironia na sua voz me faz ficar um pouco envergonhado. Eu realmente pensei que *talvez tivesse* um touro mecânico.

— Bem, não exatamente, apesar de ter cogitado essa hipótese. Mas nunca pensei que a única coisa que diferenciaria esta festa das festas comuns na cidade seriam as roupas das pessoas. Todo mundo realmente leva esse negócio de caubói a sério.

Todos estão de bota. Homens, mulheres, crianças. Cheguei a ver até um ou dois bebês de colo usando aquelas pequenas meias que imitam sapatos. Mas, em vez de tênis, o desenho era uma minibota de montaria. Além disso, chapéu é obrigatório para um homem, a não ser que você esteja disposto a parecer um idiota. Por essa razão eu me encontro assim, vestido exatamente como um caubói.

— Para falar a verdade — ela emenda —, tem *mesmo* um touro mecânico lá fora. Todo mundo deve tentar ficar sete segundos sobre ele. Algumas pessoas ficam a noite toda competindo.

— É mesmo? — pergunto, sério.

— Na verdade, não. Não temos um touro mecânico, que seria bem divertido por sinal. Eu adoraria ver você tentar.

Solto uma risada contida. Ela está relaxada pela primeira vez, brincando comigo, fazendo piadas. É muito bom ver esse seu novo lado: não controlada e calma, sem evitar o contato com todos, mantendo as aparências.

— Tenho certeza de que eu ficaria mais de sete segundos em cima do touro — afirmo. — Para falar a verdade, não tenho certeza, já que nunca montei em um. Desculpe desapontá-la, mas acho que eu cairia imediatamente depois de subir nele.

Dou de ombros, como quem está conformado com o destino. Ela dá uma risada engasgada, como se minha resposta fosse inesperada.

— Tinha certeza de que você se gabaria a noite inteira, tentando me convencer do quão competente seria como caubói. Não estava esperando que seria tão fácil te fazer se abrir.

— Não costuma ser fácil, mas, com você, as palavras simplesmente escapam da minha boca, como se eu tivesse te passado o controle delas. Quero que você me conheça, e quero te conhecer também. Esse sentimento é mais forte que eu.

Seu sorriso brincalhão murcha um pouco quando digo isso, como se o pensamento de se abrir comigo fosse, de alguma forma, impossível. Como se quisesse, mas não pudesse. Minha vontade é fazê-la falar. Quero fuçar a sua alma, decorá-la, guardá-la em mim. Com certeza tentarei. Talvez não hoje, quando parece que ela está se abrindo, ao menos parcialmente. Estou tendo um vislumbre do que ela é sem a carcaça, e estou gostando muito. Não estragarei isso, mas não desistirei. Se é só o começo, uma pequena parcela da sua verdadeira identidade, fico imaginando como meu mundo vai virar de cabeça para baixo assim que ela se revelar por inteiro. Quando essa garota deixar toda essa luz vir à tona, tenho certeza de que estarei perdido para sempre, irrevogável e completamente. Sem volta e sem chance de redenção.

11

~~LIVE~~ SAVANAH

Sinceramente, é difícil me concentrar em qualquer outra coisa senão nele. Meus olhos teimam em ir de encontro aos seus, numa busca frenética. É como um ímã que me atrai e me mantém presa. Sendo uma leitora voraz de romances açucarados, já vi amores eternos e à primeira vista. Já me perdi nas linhas de uma história sobre paixões avassaladoras e sem controle. Já vivi tantas aventuras através dos meus personagens favoritos... Mas nunca pensei que uma pessoa poderia entrar na sua vida e você, de uma hora para a outra, não ser mais a mesma.

Sinto que estou sendo sugada para outra dimensão, mais brilhante e mais *viva* do que qualquer outro lugar em que já estive. E, apesar de ser assustador, é reconfortante sentir este calor, esta vontade de estar com alguém. No meu íntimo, sei que ele será minha perdição, ou minha salvação. Mas decido que, para começar, eu poderia falar sobre ele, e não sobre mim. Decido também que aproveitarei esta pequena folga do destino, que parece estar me permitindo um momento de felicidade depois de tanto tempo.

Começo com o básico:

— Quer dizer que você está realizando seu sonho vindo a esta cidade *maravilhosa* — friso com o máximo de ironia possível —, trabalhando ao sol, se sujando o dia todo?

— Sim — ele responde. — Não há mais nada que eu poderia fazer. Sempre soube que meu destino estava num lugar destes.

Sua resposta, simples e sincera, me surpreende. Eu sabia que ele estava vivendo um sonho, mas não imaginava a profundidade desse sentimento. Pensei que era uma breve aventura, que logo acabaria. Pensei que o tempo curaria essa vontade.

— Está brincando, não é? Quem é a pessoa normal que sonharia em viver num lugar deste?

— Bem, meu sonho não era viver *exatamente* aqui, mas em qualquer lugar onde fosse possível escavar e sujar as mãos.

— Mas olhe para você. Se encaixaria em qualquer outro lugar.

Arrependo-me das minhas palavras assim que saem da minha boca. Percebo minha gafe e fico vermelha. Sem querer, eu o elogiei.

— Já que você acha que eu me encaixaria em qualquer lugar — ele responde —, com certeza me encaixo aqui também.

Está certo, é claro. Foi o que eu disse. Mas, por algum motivo, ele parece errado neste lugar abandonado. Talvez pareça tão errado para este lugar porque é *certo demais*. Não se encaixa, mas, ao mesmo tempo, se encaixa perfeitamente, porque ele faz este lugar parecer melhor.

— É, tem razão. Mas, por algum motivo, aqui *não*.

— Acho que você está muito errada, Savanah. Aqui é exatamente onde eu deveria estar.

Essa frase é acompanhada por um olhar abrasador e profundo na minha direção. Não desvio; seguro firme, sustento, até que uma música rápida e muito alta começa a soar e me faz perder o contato. As pessoas começam a se aproximar do que se torna a pista de dança aos pares, sozinhas ou até em grupos. Ficamos aqui olhando, apenas como observadores vorazes, mas não temos vontade de sair deste mundinho que criamos.

— Savanah, acho que devemos dançar.

— Não, não, eu não danço. — Trato de descartar a ideia imediatamente e com muita convicção, mas não posso evitar uma olhadela de canto para a pista de dança.

Antigamente, eu costumava dançar. Não que eu soubesse, mas eu não ligava de parecer ridícula. Eu só me importava com a diversão que aquilo me traria. Se soubesse como minha vida tomaria um rumo diferente, teria dançado mais.

— Ah, mas você poderia fazer esse esforço e dançar comigo — insiste. — Só uma música.

O olhar de cachorrinho pidão é suficiente para me convencer. Olhando atentamente para a mão que me oferece, não hesito quando, com um sorriso triunfante, ele me leva para a pista de dança.

•

Davi definitivamente não sabe dançar. Para ser sincera, isso é um elogio perto do que está fazendo na pista de dança. Basicamente, fica se balançando de um lado para o outro, observando enquanto me mexo. Juntos, somos o pior par possível no quesito ritmo. Mas é um alívio poder ser eu mesma. Depois de três músicas *country* superanimadas, em que tentamos, sem sucesso, combinar alguns passos, uma música lenta começa a soar. Paro de repente, ofegante, sem saber o que fazer. Dançar uma música animada é uma coisa. Mas dançar juntos, como um casal, é totalmente diferente, e não tenho certeza se é uma boa ideia.

Mas ele decide por mim quando se aproxima, encostando o corpo no meu, tocando com as mãos a minha cintura tão levemente que parece um sopro. Já não estou rindo; toda a graça é substituída por um desejo tão forte que me tira o fôlego. Junto nossos corpos, entrelaçando as mãos atrás do seu pescoço. Sinto o momento em que ele relaxa, aceitando meu contato íntimo. Ele é bem mais alto, então posso encostar minha cabeça em seu ombro. Fecho os olhos e deixo que me guie, a música embalando meus pensamentos. Tudo ao meu redor se torna Davi. Seu corpo em volta, por cima e abaixo do meu. Sua pele quente nos meus dedos. Seu cheiro reconfortante e forte ao mesmo tempo...

Até o momento em que eu abro os olhos. Giramos pela pista, e agora encaro a porta do celeiro, entreaberta. Mas o que faz meu coração parar no peito e me congelar no lugar, paralisada de medo e desespero, é a figura que vejo nas sombras: uma imagem que eu pensei ter deixado para trás... para sempre.

•

Naquele dia, fazia tanto frio que a distância de um quilômetro entre as salas de aula e meu alojamento pareceu se multiplicar. Nunca desejei tanto um cobertor e um chocolate quente. Minha última aula do dia tinha sido produtiva. Ainda estava eufórica com o debate sobre literatura moderna. Fazer faculdade de Literatura era o meu sonho desde sempre, e poder realizá-lo me deixava eufórica e esperançosa. Depois que passei na faculdade, finalmente minha mãe decidiu se tratar. Por vontade própria, se internou em uma clínica de reabilitação, onde se livraria dos vícios. Já fazia um mês que estava lá, e, apesar de ligar para ela todos os domingos, as visitas ainda não estavam nos meus planos. Não sabia exatamente quais eram meus sentimentos.

Ao mesmo tempo em que entendia que o vício era uma doença, e que ela estava se tratando, também tinha certa mágoa por ela me abandonar no momento mais difícil da minha vida. Nosso papel era apoiar uma à outra, mas ela me deixou para trás, como se eu tivesse morrido junto com o meu pai. Por isso, ainda não era capaz de perdoá-la completamente.

Nos últimos metros até a entrada do prédio, dei uma corridinha, desesperada pelo calor que me encontraria lá dentro. Subi correndo as escadas, de dois em dois degraus, indo o mais rápido possível para o meu quarto. Mas, quando faltava apenas um andar, uma música altíssima alcançou meus ouvidos. Estavam dando uma festa. Era uma festa tão grande e agitada que as pessoas pareciam vazar dos quartos e invadir o corredor. Todas com bebidas na mão, gargalhando e dançando. Até alguns casais se agarravam nos cantos.

Percebi que, enquanto a festa não acabasse, eu não conseguiria meu tão sonhado descanso. Comecei, então, uma busca frenética pelo anfitrião, perguntando a todos que via pela frente. Até que alguém me indicou um cara num canto. Conversava ao pé do ouvido com uma garota. Imediatamente me senti atraída, e a minha vontade de brigar se dissolveu como fumaça. Seu cabelo loiro refletia sob a luz do corredor. Não era muito alto, mas era forte e tinha uma presença que causaria inveja em qualquer um.

Agora, com outras intenções, rumei em sua direção. Ao me aproximar, a garota com quem falava fez um gesto com a cabeça, indicando que tinha alguém se aproximando. Imediatamente ele se virou com uma carranca, que se dissipou quando me viu, substituída por um sorriso charmoso e encantador. Só com aquele sorriso ele me conquistou. Naquela festa, depois de me convencer a ficar só um pouco, nós nos beijamos pela primeira vez.

Ele era um aluno do curso de Direito; muito empenhado, os professores diziam, além de muito popular. Tinha tantos amigos que era impossível encontrar alguém que não gostasse dele. Por causa disso, íamos a tantas festas que eu perdi a conta. Todo dia ele era convidado para algum evento. Eu estava apaixonada e sempre ia. Às vezes, ele sumia do meu lado por horas. Quando voltava, dava alguma explicação boba e sem sentido, em que eu acreditava sem pestanejar.

Ele não morava no campus, e sim em um apartamento na cidade. Por algum motivo, nunca íamos lá. Sempre com alguma desculpa esfarrapada, acabávamos ficando no meu próprio quarto, ou na casa de amigos. Por mais estranho que fosse, nunca o questionei; estava tão cega que simplesmente acreditava, fingia que tudo era normal. O que eu não pensei, nem por um momento, era no quanto aquele relacionamento me faria chegar ao fundo do poço. Se pudesse voltar atrás, se pudesse me afastar a tempo, tudo teria sido diferente.

•

Alguém me mantém em pé, agarrando meus ombros, me chacoalhando e gritando. Quando dou por mim, todo mundo na festa está me encarando, feições chocadas. Aquilo que eu tinha visto teria sido uma alucinação muito real? Ou ele estaria aqui? Será que finalmente ele me achou?

Começo uma busca frenética pelo celeiro, correndo os olhos e virando a cabeça de um lado para o outro, procurando em cada canto, mas, se ele realmente esteve aqui, já foi embora. Torço para que isso tenha sido apenas minha imaginação, mas, no fundo da minha mente, eu sei que não foi. Sei que meu pesadelo está acontecendo novamente. Percebo que alguém me arrasta para o canto e tenta a todo custo chamar a minha atenção de volta para a realidade. Parece que estou paralisada, perdida em pensamentos, sem conseguir me mover.

No meio disso, consigo distinguir uma voz. Viro o rosto e percebo que a pessoa que tenta me acordar é Davi. Sua expressão preocupada me faz voltar à realidade. Meus olhos focam nos seus, e me concentro neles. Ouço, ao longe, a festa voltando ao normal e Davi acalmando as pessoas em volta, acalmando Amy, que corre atrás da gente. Mas eu não estou prestando atenção. Quando ele consegue me levar para um canto deserto, eu já estou com a respiração quase normalizada. Percebo que sua voz começa a ficar mais nítida para os meus ouvidos:

— Savanah, apenas respire. Devagar. Mais uma vez. Boa garota. Faça isso de novo. Ótimo.

Sua voz pesarosa repete as palavras por um tempo enquanto busco no fundo do meu ser a coragem de que preciso. Assim que me sinto calma o suficiente, abro meus olhos, e ele ainda me encara. Não posso evitar que uma única lágrima escorra por meu rosto. Davi encara esta lágrima com tanta delicadeza que eu só quero chorar mais. Com o polegar, levemente seca meu rosto, mas mantém a mão na minha bochecha, um consolo bem-vindo neste momento. Recosto-me na sua mão, aceitando, por ora, tal carinho.

— Meu Deus, quase me matou! Acho que você teve um ataque de pânico ou algo assim. Isso já aconteceu antes?

Ainda não consigo falar, então apenas assinto com a cabeça. Davi solta o ar com força.

— Posso saber o que foi que desencadeou isso? Você pareceu apagar por um momento, como se estivesse em outro lugar. Um lugar distante e muito ruim, diga-se de passagem.

Começo a me desesperar de novo, pensando que ele me obrigará a contar o porquê de eu ter ficado naquele estado, mas, vendo que começo a respirar mais rápido novamente, ele me tranquiliza.

— Calma, Savanah. Se não está preparada para falar, não insistirei. Mas sabe que pode me contar qualquer coisa, não é? Juro que não a julgarei.

Eu sabia. No fundo, tinha essa certeza, mas não *posso.* Nunca arriscarei a segurança dele contando algo assim. E há outros motivos, que envolvem meu coração sendo despedaçado depois que eu me entregar e ele me deixar para sempre.

— Simplesmente não posso falar. Por favor...

Minha voz treme na última parte, um desespero avassalador tomando conta de mim. Ele parece perceber e não insiste.

— Tudo bem, mas, se você resolver que pode confiar em mim, eu estarei aqui. E você *pode* confiar. Agora, vou levá-la para casa.

— Não! — interrompo. — Não. Quero dizer, eu apenas irei andando, para clarear os pensamentos e tomar um ar.

— Savanah, eu insisto. É muito perig...

Não o deixo terminar a frase. Claro que não poderia me levar para casa, já que a minha casa é bem aqui. Resolvo que vestir minha máscara durona o fará recuar, ao menos por ora.

— Eu disse *não*, Davi. Não quero companhia no momento.

Sem olhar novamente para ele, viro as costas e caminho porta afora, enquanto deixo mais lágrimas finalmente escorrerem livres por meu rosto. Como tenho de esperar a festa acabar para finalmente subir para o meu "quarto", apenas desabo do lado de fora, num canto cheio de feno e bem coberto por uma cerca.

O que diabos eu pensei que poderia fazer? Viver para sempre aqui, escondida, levando uma vida que não é minha? Ter encontros românticos com um cara normal, lindo, gentil e inteligente, que me *quer* sem saber quem eu realmente sou, sem saber os meus segredos mais sombrios e secretos? Ter amigos que não me conhecem de verdade? Ter um emprego que paga tão pouco que eu tenho de viver num celeiro? O que estou fazendo com a minha vida? E, principalmente, o que estou fazendo com a vida *dele*, o arriscando dessa forma?

Se o que vi foi real, e não uma peça pregada pela minha mente, Davi já está em perigo apenas por estar comigo. E estou em sério perigo. Terei de sair daqui, arrumar outro lugar para ficar, talvez uma cidade diferente. Terei de construir outra vida. Mas, agora, só quero ficar aqui sentada para sempre, não pensar em nada, deixar que a escuridão tome conta de mim. Estou cansada de lutar por uma vida que nem sequer é minha.

Quando dou por mim, vejo que as pessoas estão saindo aos montes pelas portas, todas bêbadas e felizes, e provavelmente já esquecidas da cena que causei aqui dentro. Espero mais uns minutos e me levanto, esticando as costas para dissipar a dor de ficar sentada no chão duro. Entro de mansinho no celeiro, mas ele está vazio, graças a Deus. Está uma bagunça completa, mas não ligo, só quero me deitar e esquecer este dia. No momento em que a minha cabeça toca o travesseiro, mergulho em um sono agitado, que me faz suar e sentir frio, como se estivesse com febre.

•

Já fazia alguns meses que eu e Martin estávamos juntos. No começo, eu me sentia completa quando ele estava comigo. Ele me mimava e fazia as minhas vontades. Todos os dias a gente se via, e eu me sentia mais e mais apaixonada. Mas, no último mês, algo havia mudado. Claro que eu não admitia isso nem para mim mesma, mas ele estava mais afastado. Ainda me levava para as festas, mas não passava sequer um minuto comigo depois que chagávamos lá.

Ele sumia e eu só o via de novo na hora de ir embora. Geralmente, ele estava bem alegre, parecendo um pouco embriagado, e eu tentava ignorar. Comecei a perceber que os seus "amigos" não me encaravam, e alguns, mais abusados, tiravam sarro e davam risadinhas quando a gente passava pelos corredores. Eu tinha me afastado das minhas amigas. Agora, todo o meu tempo era dedicado ao Martin. Certo dia, questionei-o:

— Martin, cansou de mim?

Eu parecia totalmente patética e infantil fazendo aquela pergunta, mas eu me sentia usada de alguma forma. Ele não parecia mais se importar comigo e não ligava mais para os meus sentimentos.

É claro que imediatamente descartou minha pergunta, como se ela não importasse, como se eu estivesse louca.

— O quê? Claro que não. Eu te amo... — E se aproximou, dando-me um beijinho na bochecha e se afastando em seguida, com um sorriso charmoso no canto da boca.

Mas, pela primeira vez, não acreditei em suas palavras. Elas pareceram falsas e sem importância. Depois daquele dia, jurei a mim mesma que prestaria mais atenção nele, e, uma hora ou outra, descobriria o que estava errado. Infelizmente, não demorou muito para que a verdade me fosse revelada.

•

Acordo no dia seguinte sentindo meu corpo tremer tanto que meus dentes batem uns contra os outros. O sol já está forte lá fora, mas não tenho vontade nenhuma de me levantar. Eu tenho certeza de que Edward me perdoará por faltar ao trabalho, afinal ele não tem outra escolha além de mim. Ninguém mais quer aquele emprego. Decido que tirar uma folga antes de traçar meu mais novo plano de fuga é exatamente do que preciso.

Só me levanto quando minha bexiga está quase explodindo. Aproveito para escovar os dentes e lavar o rosto, mas logo volto ao meu colchão. Eu não sinto vontade de me mexer, e, quando meu estômago protesta pela falta de comida, simplesmente ignoro, viro para o lado e cochilo. Quando acordo com Amy gritando lá embaixo, já está escuro.

Em vez de me levantar, apenas rolo para o lado e grito para que ela me deixe em paz, que eu estou me sentindo mal e preciso descansar. Ela atende ao meu pedido. Mas quem dera eu estivesse sozinha de verdade. Meus pesadelos me fazem companhia, aparecendo cada vez que eu fecho os olhos. Eles me mantêm alerta mesmo enquanto eu estou dormindo, pontilhando cada minuto com medo e tristeza. A única forma que encontro de ter um pouco de paz é me trancar no meu próprio mundinho, e me afundo cada vez mais numa escuridão profunda, num poço que parece não ter fundo. Nos próximos dois dias, eu vario minha rotina entre dormir, comer o resto dos meus pacotes de salgadinhos, acordar entre um pesadelo e outro e ficar olhando para o teto, sem pensar em nada realmente.

Sei que isso não pode durar para sempre, que uma hora terei de me levantar e continuar minha vida. Mas pensar em sair desta cidade, abandonar tudo novamente e começar de novo não é nada animador. Eu me sinto cansada só de pensar. Ao mesmo tempo, no fundo, sei que em qualquer lugar a que eu vá, Martin poderá me achar, já que ele me encontrou neste fim de mundo. Em verdade, não acho que valha a pena todo este trabalho. Nem quando minha mãe estava na sua pior fase eu pensei em desistir. Mas, neste momento, eu penso seriamente em ficar aqui deitada, para sempre, até que minhas últimas forças se esgotem.

É ao terceiro dia que a porta do celeiro se abre e ouço Amy gritando:

— Meu Deus, Savanah. Isso já foi longe demais! Acha que eu te deixarei se matar aí em cima?

Não quero responder, mas sei que ignorá-la será mais um motivo para ela vir aqui em cima ver o que está acontecendo comigo. É um esforço descomunal me levantar, mas não me dou ao trabalho de descer; apenas olho por cima da cerca.

— Amy — respondo —, eu sei que você se preocupa, mas preciso deste tempo sozinha. Não estou preparada para sair daqui.

— Você não entende? Isso não é normal. Você está definhando! Há quanto tempo não toma um banho?

Tomar banho é a última coisa em que eu pensaria no momento. Não me importo com a aparência.

— Bem, por que isso importa?

— Importa porque sou sua amiga e não quero te ver desse jeito. Por favor, desça. Meu irmão instalou um chuveiro aqui fora. Ele até colocou paredes. Apenas me deixe te ajudar.

Ela fala como quem dialoga com uma criança: com muita paciência e carinho, tentando me convencer. E é isso que me faz desabar. Ouvir sua preocupação, pensar que ela está sofrendo por minha causa, faz-me virar as costas e deixar lágrimas espessas de tristeza caírem pelo meu rosto.

Ouço quando sai de fininho, deixando a porta bater.

12

DAVI

Faz dois dias inteiros que não tenho notícias de Savanah. A preocupação está me corroendo, removendo toda a minha sanidade. O pior é que já perguntei para a cidade toda se alguém sabe onde diabos essa garota mora, mas ninguém me falou nada que possa ajudar. Não consigo precisar se ninguém sabe, ou se sabem e não querem me contar.

Isso não importa muito, já que o resultado é o mesmo: não tenho como a encontrar, e isso está me matando. Claro, ainda tenho uma esperança: Amy. Está claro para mim que as duas são amigas e até trabalham no mesmo lugar, portanto, se alguém tiver notícias de Savanah, esse alguém será Amy. Ao entrar no restaurante em que as duas trabalham, logo encontro Amy no balcão, parecendo extremamente cansada, com olheiras profundas de quem não dorme há dias. Vou direto até ela e nem me dou ao trabalho de ser educado ao questionar:

— Cadê ela? Você sabe onde ela mora, não sabe? Preciso que me fale.

Soo totalmente fora de controle, mas não posso evitar. Amy me encara, e eu espero, impaciente, enquanto ela me analisa com extrema atenção.

— Não posso falar; ela me mataria.

— Estou preocupado. Aquilo que aconteceu na festa não foi normal, e agora ela some desse jeito? Eu só quero ajudar.

— Ela não quer ajuda de ninguém. Você não entende? Ela está desistindo, e nem sei por quê. Ela não confia em ninguém o bastante para contar.

Depois disso, contrai os lábios, como se quisesse manter as palavras guardadas, mas eu já ouvi o bastante. Só falta uma coisa.

— Sabe onde ela está. Precisa me contar. Posso tentar ajudá-la.

Neste momento, enxergo a luta interna que Amy trava dentro de si. Por um lado, se ela me contar, quebrará a confiança de Savanah. Mas, por outro, eu posso ser o último fio de esperança que a trará de volta. Graças a Deus, ela resolve se abrir comigo.

— Quando a Savanah chegou aqui, há seis meses, ela não tinha para onde ir; tinha apenas a sua mochila e um travesseiro. Consegui o emprego para ela, e, quando chegou ao fim do dia, perguntei se ela queria ficar no celeiro. Dormir lá. — Ela me olha, envergonhada, mas continua: — Era tudo o que eu podia oferecer. Minha casa é tão minúscula que mal cabemos eu e meus irmãos. A parte de cima do celeiro é fechada e limpa, e ela fica tranquila lá; não cobro nada. Na hora ela aceitou, e pareceu muito grata, mas nunca se abriu comigo. Não sei de onde ela é nem o que a fez vir para cá, mas tenho a impressão de que foi o motivo que a fez ter aquele ataque na festa. Resumindo, ela está há três dias, quase quatro, dentro do celeiro, dormindo, sem levantar nem sequer para tomar banho. Não sei mais o que fazer; ela não me ouve.

Neste ponto, já está aos prantos, parecendo totalmente inconsolável, e estou chocado demais para sequer responder.

Então quer dizer que Savanah mora em um *celeiro*? Eu desconfiava de que algo não estava certo, já que ela nunca me deixou acompanhá-la até em casa. Mas não imaginei uma coisa assim. É pior do que eu esperava.

Ela precisa de mim, e não a deixarei. Lutarei por ela. Porque, por mais impensável que possa parecer, ela está tão intimamente ligada a mim que eu julgo não ser capaz de deixá-la ir, ainda que ela tente me manter afastado.

– Amy, me leve até ela. Agora.

Não preciso pedir duas vezes. Acho que ela viu no meu olhar que eu não desistirei, que eu farei tudo o que for preciso.

•

Chegamos em dez minutos, já que peguei a caminhonete. Amy sai rápido do lado do passageiro, e eu também. Quando chegamos à porta, paro, sem jeito, pensando no que fazer.

– É aqui; ela está lá em cima. Não se assuste, e seja gentil. Ela está sofrendo.

Apenas assinto com a cabeça e entro.

O celeiro já está escuro, pois o sol se pôs há pouco. Ajusto meus olhos e percebo uma pequena luz vinda ali de cima, como Amy havia dito. Vejo no canto uma escada, que imagino que me levará até Savanah. Subo, e a cena que vejo me deixa em pânico. Savanah está deitada de lado, como uma bola. Parece tentar desaparecer, tornar-se cada vez menor. Ela também treme um pouco, mesmo estando enrolada em um cobertor grosso, totalmente vestida.

Uma tristeza se apodera de mim quando penso no que ela está enfrentando, no que deve estar sentindo para estar dessa forma. Aproximo-me cuidadosamente, não querendo assustá-la. Mas, assim que me ajoelho ao seu lado, seus olhos se arregalam e ela grita. No mesmo instante, tento acalmá-la.

— Savanah, sou eu, Davi. Escute-me. Sabe quem sou e que nunca te faria mal. Vim te ver. Estava com saudades.

Tento a todo custo parecer despreocupado, mas, por dentro, o medo toma conta. No entanto, eu preciso ser forte por ela e não demonstrar meus verdadeiros sentimentos.

Depois de um segundo, ela parece me reconhecer, mas, em vez de se acalmar, como pensei que faria, fica mais nervosa e agitada.

— O que está fazendo aqui? Como me achou? Quem contou para você? Foi a Amy, não foi? Aquela traidora!

Suas palavras saem atropeladas e sem sentido, como se ela estivesse falando consigo mesma, tentando entender a situação.

— Ela estava preocupada contigo — respondo —, assim como eu.

— Não posso ver você nem falar com você, e muito menos *gostar* de você.

Recebo as suas palavras com certo orgulho.

— Então você gosta de mim? — pergunto, mais animado. — Mas não pode gostar? Não estou entendendo; você poderia me explicar.

Ela começa a balançar a cabeça em uma negativa desesperada, porém não a deixo falar.

— Mas, antes de você me contar qualquer coisa, que tal um banho? Você parece horrível. Há quanto tempo não troca de roupa? Tem um chuveiro lá embaixo; por que você não vai comigo até lá, e depois a gente conversa?

— Não —responde. — Não quero um banho, e você não tem o direito de me obrigar. Quero ficar aqui.

Ela parece uma criança mimada. É claro que, normalmente, a atitude correta seria respeitar seus desejos e deixá-la em paz. Mas a minha impressão é de que ela está precisando de um empurrãozinho para voltar à realidade, sair dessa escuridão profunda em que se encontra.

— Nada disso, Savanah. Se você pensa que eu a deixarei apodrecer aqui, abandonando-a sem lutar, está enganada.

— Por que você se importa? Não me conhece, não sabe nada sobre mim.

— Porque, no fundo, sei que você foi feita para mim, assim como fui feito para você. Soube disso quando a vi no restaurante, e na primeira vez que você tirou sarro de mim por querer café num dia quente. Quando olhei nos seus olhos, vi a sua alma, conheci-a imediatamente, e sei que você viu isso em mim também. Eu te vejo por inteira, sem as máscaras. Não precisei de tempo nenhum para reconhecer que você é minha metade perdida.

Savanah me encara tão profundamente que tenho vontade de desviar o olhar, mas não o faço. Quero que ela veja a honestidade das minhas palavras. Lentamente, com a insegurança de uma criança assustada, meneia a cabeça positivamente, e suspiro aliviado. Seguro a sua mão na minha e levanto, a levando junto. Ela parece tão pequena perto de mim que gostaria de envolvê-la nos meus braços e não a deixar nunca mais. Começo a andar em direção à saída do celeiro, e felizmente não preciso arrastar Savanah comigo; ela me acompanha de bom grado.

Chegamos à porta do celeiro e ela para abruptamente, olhando fixamente para a porta.

— Não quero sair!

Percebo, surpreso, que ela está com lágrimas nos olhos; seus lábios tremem.

— O chuveiro que a Amy instalou fica lá fora. Você precisa mesmo de um banho.

Tento falar o mais calmamente possível, para não a deixar pior, mas minha vontade é sacudi-la até que ela se abra comigo. Por um momento, ela parece retomar a coragem. Vejo seus ombros levantarem. Então ela me acompanha. Sigo aliviado lá para fora. O vento sopra forte, como se antecedesse uma tempestade, mas ainda faz calor.

Paro próximo ao chuveiro, que agora tem paredes de madeira e uma porta. Não quero deixá-la sozinha nem por um minuto, mas me obrigo a me afastar, encostando na parede ao lado, dando um pouco de privacidade para ela.

— Ficarei bem aqui. Juro que estarei exatamente nesta posição quando você sair.

Como resposta, recebo apenas um gesto de cabeça em concordância. Vejo quando ela entra no pequeno cubículo e ouço atentamente enquanto ela parece tirar a camisa, que joga pela abertura da porta. Mas, depois, tudo fica em silêncio. Ela não liga o chuveiro, nem joga mais roupas pela abertura. Começo a me preocupar, arrumando a postura e ficando alerta. É quando ouço o que me quebra o coração: um choro baixinho, sofrido, que parece vir do fundo da alma. Vejo quando seu corpo desliza pela parede, e ela senta-se no chão, as pernas dobradas e os braços a envolvê-las.

Não aguento ficar olhando enquanto ela sofre dessa forma. Abro a porta devagar, mas ela nem olha para mim; continua chorando, contemplando o nada, o corpo tremendo conforme os soluços a sacodem.

Entro no espaço apertado e me ajoelho na sua frente. Não sei o que fazer, mas sei que estou disposto a qualquer coisa para que essa dor, esse sofrimento, passe. Se pudesse, trocaria de lugar com ela num piscar de olhos. Tomaria para mim a sua dor sem hesitar. Mas, como não é possível, me contento em puxá-la para mim, abraçá-la. Ao menos agora, ela aceita meu conforto. Envolve os braços na minha cintura e chora. Chora tão forte, com tanto desespero, que penso que meu coração não vai aguentar. Penso que *ela* não vai aguentar.

Depois de minutos — ou horas — na mesma posição, o choro começa a acalmar; ela começa a amolecer nos meus braços, soluçando baixinho. Continuo por mais um tempo aqui, apenas acariciando seus cabelos e segurando-a. Começo a me levantar e a levo junto, ligando em seguida o chuveiro. Ajeito a temperatura e, vestido, entro com ela debaixo da água morna. Apesar de Savanah estar de calça e sutiã, isso não me incomoda, e parece não a incomodar também. Este momento que estamos vivendo não tem a ver com a atração que sentimos um pelo outro. É um tipo diferente de qualquer situação que eu já tenha vivido antes. Mas, inexplicavelmente, com ela, eu não me sinto estranho ou constrangido. Na verdade, sinto que estou exatamente onde deveria estar.

Pego o xampu que Amy deixou ali mais cedo e ponho um pouco na mão, pedindo em silêncio que Savanah vire e me deixe lavar o cabelo dela. Na hora, parece um pouco perdida, um pouco surpresa e levemente contrariada, mas faz o que quero. Começo, então, delicadamente, a massagear seu couro cabeludo, sem pressa. E é com imenso alívio que a sinto recostar-se em mim, relaxando completamente, entregando-se nesse ato tão simples, mas ao mesmo tempo tão especial. Especial porque, de alguma forma, parece que ela confia em mim o bastante para não questionar minhas intenções ao fazer algo para ela, ao dar isso a ela.

Nenhum de nós pronuncia uma palavra enquanto termino de lavar e enxaguar seus cabelos, e depois passo o condicionador. *Tudo isso sem tirar uma peça de roupa.* Não vou mentir e dizer que por nenhum momento quis vê-la por inteiro, explorar seu corpo, passar as mãos, sentir sua pele. Claro que quis. Mas sei que isso é muito maior do que qualquer coisa física que possamos ter. Isso é a linha divisora de uma possível relação. Divide os sentimentos verdadeiros da pura e simples atração.

Ao terminar, digo:

— Espere aqui um pouco.

São as primeiras palavras que dizemos desde que saímos do celeiro. Qualquer palavra parece insuficiente e duvidosa, como se estragasse o silêncio, esta aura de paz que conquistamos.

Volto segundos depois com uma toalha para ela e outra para mim. Depois de enrolar a toalha em volta de Savanah, pego sua mão e a conduzo até o celeiro. Ela parece um pouco receosa de voltar para dentro, como se o espaço fosse vergonhoso ou algo assim.

Antes de chegar lá em cima com ela, ela para subitamente.

— Não precisa subir comigo — afirma.

Ao mesmo tempo que sua voz parece rouca por causa do choro constante de mais cedo, percebo que ela tenta voltar à sua habitual pose de megera.

— Savanah, não vou sair daqui. Ninguém pode me impedir, nem você.

— Agradeço por tudo isso, mas acho que já foi demais. *Eu* já deixei ir longe demais.

— Longe demais? Do que você está falando? — Tento me fazer de desentendido, fazendo pouco-caso do que compartilhamos.

— Você me deu banho, pelo amor de Deus. Isso é... ridículo.

Por mais que eu saiba que sua intenção é me afastar, por mais que eu veja a *falsidade* dessas palavras, não posso evitar ficar um pouco chateado e me sentir usado, de certa forma. Estou tentando ajudar, fiz tudo ao meu alcance para aliviar sabe-se lá que tipo de dor e desespero que ela está sentindo, e ela *despreza* tudo isso, como se não valesse de nada, como se não provasse nada. Eu me importo com ela, e ela sabe disso. Ao mesmo tempo que me sinto mal, também sinto tudo o que há por trás das palavras duras.

Ela está com medo. Não com medo de mim, o que é um alívio. Está com medo do que sente por mim. Apesar de sermos praticamente desconhecidos, não sei explicar a ligação entre nós. É algo estranho e sem sentido, que me deixa em alerta máximo. Se me sinto assustado com estes sentimentos, imagino que para ela não seja diferente. E, refletindo sobre o tipo de situação pela qual ela passa em seu interior, o tipo de coisa que corrói sua alma e seu coração, entendo. Entendo que ela ataca antes de ser atacada e se afasta antes que alguém chegue muito perto, a conquiste e depois parta seu coração.

Ela está se defendendo da única maneira que conhece, se trancando em si mesma, não cultivando sentimentos, não criando laços. Só me pergunto até que ponto ela realmente acredita que isso funciona, e até que ponto ela está se enganando e se machucando mais ainda, mantendo-se solitária e triste, não deixando nenhum espaço para o amor.

13

~~LIVE~~ SAVANAH

Não entendi muito bem o que estava acontecendo. Desde o momento em que saí do celeiro, meu corpo pareceu entrar em um tipo assustador de pesadelo. Um pesadelo estando acordado é o pior tipo. Você sabe que não está dormindo e, por isso, tudo parece muito mais real. Minha mente se desligou e inevitavelmente começou a reviver tudo o que eu mais queria esquecer. Cenas e mais cenas antigas, vindo sem piedade até mim, fazendo-me fraquejar. Despedaçando-me. Eu não sabia que era possível sentir tanta dor num momento e tanto alívio logo em seguida.

Meu alívio veio do lugar mais inesperado e improvável que eu poderia imaginar. Davi estava lá comigo, apoiando, sem cobrar nada em troca, sem julgar e sem perguntar. Fez aquilo por mim porque achou que eu merecia, mesmo sem saber realmente *se* eu merecia. Eu não tinha mais fé em mim, mas tive a certeza de que Davi ainda acreditava. Quando achei que não aguentaria, que não superaria, ele veio até mim. Estava acabada por dentro, sem esperança.

Agora que a razão volta, como um vento frio, percebo toda a situação. Estou parada no meio de um celeiro fedorento, de calça jeans e *sutiã*, de frente para um cara gostoso que acabou de me dar banho. É tão surreal esta situação que eu começo a rir, um pouco de desespero. Curvo-me para a frente, apertando a barriga e tentando manter a toalha segura. Só quando olho para cima e vejo a cara de espanto de Davi que percebo que eu devo estar parecendo tão louca quanto realmente me sinto; se eu fosse ele, já estaria correndo para longe, o mais rápido possível.

Ao pensar nisso, endireito-me e a risada morre instantaneamente nos meus lábios. Não é nem um pouco engraçado. Na verdade, é tão triste que me sinto atordoada.

— Desculpe-me por isso. Foi totalmente inapropriado.

— Fico feliz por estar causando tanta alegria — responde.

Diz isso de uma forma tão irônica que me encolho. Pronta para pedir desculpas novamente, olho para o seu rosto. Mas o que vejo ali não é raiva, e sim um belo sorriso, tímido, mas ainda assim verdadeiro. Não está bravo por eu ter rido; ele está, na verdade, tentando aliviar o clima. E, considerando a gravidade da situação, é reconfortante ver que ele está conseguindo, ao menos um pouco.

— Só quero ficar mais um pouco com você — continua. — Por favor...

Não pude negar esse pedido, feito com tanta cautela e tanta esperança. Apesar de na maioria das vezes eu tentar parecer uma bruxa má, Davi consegue tirar de mim, mesmo nos piores momentos, aquela parte boa, guardada no recanto mais escuro do meu coração, a sete chaves. Só para não perder o hábito, digo, revirando os olhos:

— Tudo bem. Já que você insiste...

Quando vejo que ele está começando a andar na minha direção, paro novamente, levantando uma mão em sinal de alerta, fazendo-o estacar a um braço de distância.

— Você fica aqui embaixo enquanto eu troco de roupa. Só porque me deu banho, não quer dizer que tem o direito de me ver pelada.

Levanto uma sobrancelha para enfatizar minha sentença. Depois de um momento de silêncio, ele concorda com a cabeça e se afasta um pouco. Com isso, eu subo as escadas e me troco rapidamente. Coloco calças de pijama e uma camiseta larga. Depois, sento-me no meu colchão e grito para que ele suba.

Assim que vejo sua cabeça aparecer, falo:

— Seja bem-vindo ao meu quarto. Não é grande coisa.

Tento amenizar as palavras amargas com um sorriso de lado, mas não soa bem, nem para mim. Davi só me olha com estranheza e fica parado, meio curvado, já que o teto é bem baixo. Como insiste em não abrir a boca, continuo:

— Não tenho sofá, nem cadeiras, nem banquinhos, então pode sentar aqui do meu lado.

Dou umas batidinhas com a mão ao meu lado, no colchão, chamando-o para se sentar. Por incrível que pareça, não me sinto constrangida com ele aqui, pelo contrário. Sinto-me muito à vontade, ainda mais agora que ele viu a pior parte de mim, a parte quebrada e desesperada. Não dá para piorar; disso tenho certeza. E se, depois de tudo aquilo, ele ainda não fugiu, então tem de significar alguma coisa.

Para não molhar o colchão, Davi estende a toalha com que se enxugou e, depois, senta-se em cima. Seu olhar recai em mim novamente. Esse olhar quente e profundo, que provoca calor ao mesmo tempo que causa arrepios. Desvio os olhos e começo a secar meu cabelo com a toalha, em seguida pego a escova de cabelo para desembaraçar os fios. Davi me surpreende novamente, tirando a escova da minha mão e me fazendo virar para que ele possa passá-la pelos fios.

Isso é tão bom e reconfortante que fecho os olhos por um momento, até que a sua voz doce e forte me desperta:

— Não consegui acreditar quando a Amy me disse que você mora no celeiro dela. No *celeiro*, Savanah.

Não percebo ironia nem julgamento na sua voz, mas, mesmo assim, sinto uma onda de vergonha tomar conta de mim. Imediatamente a rechaço. Fiz o que tinha de ser feito para sobreviver. É necessário ter este estilo de vida para que eu possa viver, literalmente. Nunca me permitirei sentir vergonha por ter sobrevivido.

— Então quer dizer que você é bom demais para isto aqui? — pergunto.

Desta vez, retruquei da maneira mais perversa que conhecia, com sarcasmo e acidez, de propósito.

— Não! — responde. — Não foi isso que quis dizer.

E suspira, como se não conseguisse me explicar, como se fosse impossível conversar comigo de forma racional. Como se eu o deixasse abalado e sem palavras.

— Então explique.

Antes de falar, a escova recomeça a descer pelos longos fios, desembaraçando, acalmando e trazendo paz.

— O que quis dizer é que é preocupante saber que você tem de morar de favor em um celeiro porque o seu salário é tão baixo que não dá para pagar um quarto na cidade. Aqui não tem conforto, não tem segurança e *fede*.

Por seu tom de voz, percebo que ele está me provocando. Decido que revidar não fará mal algum. Ele está merecendo.

— Aqui *fede?* Acho que você não tem ideia do cheiro com que *você* fica depois de trabalhar o dia todo naquela barraca, não é?

Quando a escova para abruptamente, dou uma olhada por cima do ombro, a tempo de ver Davi contendo uma risada. Por dentro, me parabenizo por ter conseguido atingir meu objetivo. Claro que ele não fede, nem mesmo depois de um dia inteiro de trabalho, mas não precisa saber disso.

— Acho que está mentindo — diz com aquele sorrisinho de sempre. — Sou irresistível, mesmo suado e sujo de terra. Não esqueça que fui eu quem tive de arrastá-la para um banho, de roupa e tudo.

A menção do banho traz de volta aquela sombra negra que pairava sobre nós alguns momentos atrás. Remove aquele ar de paz que acompanhava a conversa. Volto a ficar séria e me afasto das suas mãos, subitamente cansada demais, e constrangida por tudo o que ele viu, pela forma como devo ter parecido patética e fraca.

Tudo o que eu quero no momento é me deitar e esquecer, dormir profundamente, com Davi ao meu lado, de preferência. Este pensamento é totalmente inapropriado, mas tento me convencer de que o estresse do dia está afetando meu cérebro, deixando-me confusa.

Antes que ele possa falar mais, ou que, pior ainda, eu fale alguma besteira de que me arrependerei no dia seguinte, levanto-me. Distancio-me o máximo que posso, o que não é muito, considerando o tamanho do local. Ele fica sentado no colchão, paralisado, me olhando com intensidade e calor. Mantenho o olhar por um tempo, mas logo lembro que não devo encará-lo se não quero que me encare de volta. Desvio o olhar com um suspiro.

— Já pode ir embora. Não quero ser mal-agradecida, mas estou cansada, e você também deve estar.

— Deve estar louca se acha que vou embora. Não adianta tentar me manter afastado, Savanah. Vou voltar. E a cada vez que você me mandar embora, vou me aproximar mais.

Com essas palavras, ele se levanta e começa a caminhar na minha direção, lentamente, suave, mas determinado. Quando está a um palmo de distância, para e me encara nos olhos, sem medo, desvendando, procurando. Desta vez, não me afasto, não desvio o olhar, mas também não me aproximo. Tenho medo de chegar tão perto, porque sei que terei de estar preparada quando me aproximar. Preparada para me perder, me abrir, me libertar.

Por fim, digo:

— Não tenho uma cama extra, como pode perceber. Onde pretende dormir?

Davi finge analisar o cômodo, virando a cabeça de um lado para o outro. Depois, diz:

— Não me importo de dividir.

O sorrisinho travesso que se espalha pelo seu rosto é tão encantador que tenho vontade de rir. Contenho-me por pouco. A situação não é nada engraçada, mas embaraçosa e *perigosa.* Meu bom senso me alerta dos perigos de dormir com Davi ao meu lado. Mesmo assim, uma parte irresponsável e egoísta de mim acha a ideia muito interessante. *A melhor ideia de todos os tempos,* na verdade.

— Mas... mas... — gaguejo, perplexa e animada com a sua ousadia. — Você está todo molhado. Vai molhar o colchão, vai me molhar e ainda pode ficar doente.

Soo bem ridícula e infantil tentando encontrar uma desculpa esfarrapada para convencê-lo a não ficar aqui. Ele não parece disposto a desistir.

— Isso não é problema — responde. — Eu posso tirar a roupa molhada.

O problema é que ele realmente começa a tirar a roupa. Vejo quando ele pega a barra da camiseta e começa a subi-la, revelando parte do seu abdômen definido e forte. Engulo em seco, tentando, em vão, não salivar com a visão. Por mais que eu tente me convencer a olhar para o outro lado, ou virar as costas, não consigo. Estou sendo hipnotizada, tenho certeza. Ele passa a camisa pela cabeça e a coloca esticada na cerca que divide a parte de cima do celeiro. Davi ainda me olha com um ar brincalhão e provocador, mas também vejo outra coisa, diferente, que faz meu sangue esquentar e correr rápido nas veias. *Desejo.*

Ele agora baixa a mão, a aproximando do botão da calça jeans, e é neste momento que a razão dá as caras. Viro rapidamente, com o coração disparado, e grito por cima do ombro:

— Pare! Pode dormir aqui, tudo bem! Mas tem de ficar de roupa. Ao menos, com calça. Pode deixar a camiseta secando.

Seu sorriso, agora, está escancarado e convencido, como se tivesse acabado de ganhar um jogo muito importante.

— Tudo bem. Tem certeza de que vai correr o risco de molhar o seu colchão?

— Tenho! Tenho certeza.

Na verdade, essa é última coisa na vida de que tenho certeza, mas tento soar segura. O que eu quero mesmo é que ele tire toda a roupa, depois tire a minha roupa, deite-se nos lençóis, cubra meu corpo com o seu...

Os pensamentos eufóricos me deixam paralisada por um momento, quando então percebo o caminho que estão tomando. Mas me recomponho rapidamente e vou em direção ao colchão, entrando debaixo do edredom e levantando a ponta num convite silencioso. Davi anda na minha direção depois de um momento. Quando já está acomodado ao meu lado, sinto sua respiração próxima da minha orelha quando ela fala baixinho:

— Deixe-me cuidar de você, Savanah. Conte-me o que te deixou daquele jeito. Não sei se posso ajudar, muito menos se terei uma solução para o seu sofrimento, mas, às vezes, tudo melhora quando a gente desabafa. Colocar para fora a dor é o primeiro passo para superá-la. Confiar em alguém é dividir o peso dos problemas com essa pessoa. O fardo é muito mais fácil de carregar quando não temos de carregá-lo sozinho.

Essas palavras são como um tapa na minha cara. Meu peito aperta de forma quase dolorosa, e meus olhos se enchem de lágrimas. Vejo a sinceridade daquelas palavras e quero desesperadamente dividir minha aflição com ele. Quero contar tudo, cada detalhe cruel e difícil, cada agonia e cada perda.

Mas algo me impede. Não tenho certeza se é a proximidade do seu corpo quente e reconfortante, ou a paz que sinto neste momento, mas simplesmente não quero estragar isso com mágoa e angústia. Quero preservar este momento do jeito certo: como um presente, uma folga merecida. Amanhã eu tomarei uma decisão, tomarei uma atitude: ir embora e continuar fugindo, ou ficar e enfrentar qualquer coisa que o destino resolva jogar em cima de mim.

Decido dizer a verdade, ao menos uma parte dela:

— O meu fardo é só meu. Se soubesse o tamanho dele, não se ofereceria para dividi-lo comigo.

Não me atrevo a virar o rosto, com medo de enfrentar sua expressão. Continuo de costas para ele, mas sinto seu corpo se mexer ao meu lado, e logo ele está encostado em mim, emanando calor da sua pele nua. Ele, então, passa um braço pela minha cintura, me segurando perto. Não parece querer soltar jamais, e, por hoje, aceito esse gesto com gratidão.

— Aí é que se engana — responde. — Estou pronto para dividir as coisas boas e as ruins. A diversão e a tristeza. Tudo o que você quiser me contar eu ouvirei, e tudo o que você quiser colocar nas minhas costas eu aceitarei. Se puder me dar apenas a parte de você que está despedaçada, pegarei cada pedaço e juntarei. Colarei tudo no lugar. E se, mesmo assim, nunca mais ficar inteira, serei a outra parte de você, te completando.

Deixo que uma lágrima solitária escorra pelo meu rosto. Não me mexo para limpá-la, não me atrevo a perder o contato com Davi. Meu corpo se molda ao seu. Inspiro profundamente, fecho os olhos. Mergulho num sono tranquilo enquanto sinto as batidas do coração de Davi pulsarem contra as minhas costas. Firme, forte, seguro. Nesta noite, nenhum pesadelo me persegue.

•

Acordo com a luz da claraboia batendo sem piedade no meu rosto. Por incrível que pareça, me sinto melhor do que estive em muito tempo, como se um peso tivesse deixado meus ombros. Ao esticar os braços, percebo que meu colchão está vazio, mas ainda quente, o que traz um choque de realidade.

Lembranças da noite passada, das palavras trocadas, do calor. Ele foi embora sem se despedir, e fico com raiva por estar chateada. Afinal, ele fez muito mais por mim do que eu merecia. Teve uma consideração que não entendo. Depois do jeito como eu o tratei, sempre o dispensando e sendo grosseira, foi ele que conseguiu me tirar do buraco em que eu estava afundando. Claro que eu não tenho o direito de ficar chateada por ele ter ido embora. Ele fez até demais.

Sento-me devagar no colchão, espreguiço-me e avisto um pedaço de papel em cima da minha mochila. Não quero ficar muito esperançosa ou parecer desesperada, mas saio engatinhando do colchão para alcançá-lo. Abro-o imediatamente e leio as palavras simples, escritas em uma caligrafia bonita.

> *Savanah, não pense que já estou desistindo de você. Tive que encontrar meu professor e meus colegas para uma exploração de última hora, mas muito importante para nosso projeto. Espero voltar até o pôr do sol, mas não tenho certeza se conseguirei. De qualquer forma, assim que possível vou até o celeiro te ver. Fique bem, e tome banho (risos).*
>
> *Davi.*

Sinto-me boba e feliz pelo bilhete, como se estivesse de volta à escola. Como não tem ninguém por perto, não vejo mal em sorrir abertamente diante de um pedaço de papel. Estico-me na cama, o papel apertado no peito, uma promessa de que ele ainda está aqui, um sinal de que não desistiu de mim. Agarro-me a este pensamento como quem se agarra a um bote salva-vidas no meio do oceano. Com esperança.

•

Decido ir trabalhar, esperando que um tempo fora de casa faça a minha cabeça funcionar mais claramente. Agora que consegui voltar à realidade, preciso começar a pensar no que fazer a seguir. Enquanto percorro o caminho de quatro quilômetros até a lanchonete, enumero na minha cabeça tudo o que aconteceu desde aquela festa no celeiro.

Todas as possibilidades rodopiam pela minha mente num frenesi. E eu não sei qual faz mais sentido. Será que o que eu vi, *quem* eu vi, foi real? E, se foi, as coisas se complicam mais do que eu esperava: como ele me achou? E o mais alarmante: onde ele está agora? Pode estar em qualquer lugar, à espreita, só se preparando para atacar. Neste tipo de cidade, claro que não vai demorar muito para ele chegar até mim novamente. Quando chegar, o que vai fazer? Sinto-me arrepiada só de pensar nas possibilidades. Apesar de não acreditar muito nisso, outra possibilidade ronda meu cérebro: posso apenas tê-lo imaginado, ou, então, posso ter visto alguém parecido e suposto que se tratava dele.

Assim que este pensamento se forma, eu o descarto. Seria impossível confundi-lo. Nunca poderia me esquecer, apesar de torcer todos os dias para que isso aconteça. Portanto, por mais deprimente que seja, tenho de aceitar que o que eu vi foi real; e o mais importante, preciso tomar uma atitude. Sei que enfrentá-lo abertamente não faz o menor sentido; seria como uma sentença de morte. Avisar a polícia está fora de questão. Tenho certeza de que o xerife e seu ajudante não dariam conta dele, mesmo que tentassem. E eu sei que eles são covardes demais para se importarem. Se eu quiser ter alguma chance de sair desta intacta, terei de agir sozinha, com sabedoria, planejando cada passo. Talvez – e este é um grande *talvez* – eu possa me livrar desta sendo esperta o suficiente.

Quando tudo aconteceu, não olhei para trás. Eu queria esquecer e ser esquecida. Obviamente não funcionou. Acho que, afinal, será preciso agir. Meu primeiro passo é encontrar um computador com internet e pesquisar tudo o que eu puder sobre aquele dia. Notícias, boletins policiais, depoimentos. Se é que houve algo assim. Preciso de qualquer coisa que possa me ajudar a provar sua participação, tanto no tráfico na faculdade como no resto.

Ir com calma e sabedoria, esse será o meu lema. Uma coisa de cada vez, até chegar a hora de atacar. Ainda não é o momento de aparecer, então continuarei escondida. Mas, agora, estou me escondendo com um propósito. Ele não pode me achar até que eu esteja com todas as cartas na mão e pronta. Desta vez, tenho de garantir que a minha liberdade não será tomada de novo.

Meu plano mal acabou de ser traçado, e os problemas já surgiram. Para começar, não há ninguém que eu conheça nesta cidade que tenha um computador para emprestar. Aqueles que têm não são de confiança para eu me expor dessa forma. Farão perguntas demais, tentando descobrir as origens da minha pesquisa peculiar. O segundo problema: eu não tenho carro para ir até a cidade mais próxima e usar um computador público. As pessoas que poderiam me emprestar um carro também não possuem um. Eu poderia ir de ônibus até lá, mas teria de passar a noite, pagar hotel, comida e passagens, o que seria um gasto com que não tenho como arcar no momento.

O desânimo começa a tomar conta novamente, tentando fazer com que eu desista, mas desta vez estou determinada a me manter forte. Se eu, por um segundo sequer, deixar o desespero tomar conta, tudo estará perdido. Enquanto começo a trabalhar, depois de ser recebida calorosamente por Amy, e não tão calorosamente por Edward, que só me lança uma bufada nervosa, sinto que estou de volta à rotina. Quando começo a suar por baixo do avental grosso, amaldiçoo baixinho e rezo para ver logo o inverno chegando a este lugar, trazendo um sopro gelado e revigorante.

O dia passa rapidamente; mais rápido do que eu queria, para falar a verdade. Apesar de pensar em todas as possibilidades para colocar a primeira parte do meu plano em prática, nenhuma pareceu o suficiente. Sinto alívio ao tirar o avental e me despeço de Edward, saindo pela porta. Mas, desta vez, estou receosa de voltar para casa sozinha. Eu realmente achava que aqui era meu lugar seguro, escondida do mundo, mas descobri recentemente que, na verdade, não estou segura em lugar nenhum, *enquanto ele estiver atrás de mim.*

Abro a porta e sinto o mesmo ar estagnado e quente tomar conta da minha pele. Nada mudou, afinal. Fecho os olhos brevemente, tomando fôlego e coragem para fazer a caminhada longa até em casa. Ao abrir os olhos, vejo uma sombra próxima, muito alta e assustadora. Um gritinho fraco escapa da minha boca, e eu me preparo para correr o mais rápido que puder, para o mais longe que conseguir. Mas, antes que eu possa me mover, Davi sai das sombras, surpreendendo-me.

— Savanah, sou eu! Desculpe pelo susto.

Davi está com as mãos levantadas, como se dissesse que é inocente, que não vai me fazer mal. Apesar de saber disso, meu coração disparado não concorda comigo. Ponho a mão no peito, como se assim fosse capaz de fazê-lo se acalmar.

— Pelo amor de Deus! Quer me matar de susto?

— Eu... Quer dizer... — Ele parece nervoso, como um garotinho que não sabe o que fazer diante de uma garota. Passa diversas vezes a mão pelo cabelo. — Cheguei agora há pouco, mas não quis ir descansar antes de ver se você estava bem. Na verdade, esperava que estivesse aqui, mas não tinha certeza. Você se sentiu bem o bastante para vir trabalhar?

Ele parece preocupado comigo, e isso é tão encantador que meu coração volta a disparar, mas agora por motivos totalmente diferentes. Lanço para ele meu melhor sorriso, aquele sincero.

— Sim — respondo —, eu me senti melhor hoje. Achei que seria melhor trabalhar do que ficar pensando besteira, em casa.

Estou um pouco constrangida, mas não de um jeito ruim. É um constrangimento gostoso, que me lembra tempos distantes e fáceis. Este sentimento é reconfortante. Deixo que ele se espalhe por meu corpo.

— Bem, só queria ver se você estava bem. Será que eu posso te acompanhar até sua casa?

— Claro. Adoraria a companhia.

Surpreendo-me com meu próprio comportamento. Estou relaxada de um jeito que não ficava há muito tempo. Aproveitar uma boa companhia, sem pretensões, sem medos, sem expectativas. Quero dizer, no fundo, tenho certas expectativas, mas não permito que elas me deixem muito animada. Ainda não estou suficientemente segura para isso. Por enquanto, resolvo puxar assunto, quem sabe conhecer Davi um pouco mais.

— O que fez hoje? — pergunto. — Conte-me mais sobre esse projeto.

Não tenho nenhum interesse particular em arqueologia nem conheço nada a respeito. Mas, vindo dele, estou disposta a fazer um esforço para ficar a par de tudo do que ele gosta.

— Ah, sabe como é. Nada de mais. Desde que entrei na faculdade, meu sonho é estar nesse projeto. Um projeto importante para a humanidade. Não *a humanidade em si*. Quero dizer, não vai salvar o mundo, descobrir a cura para alguma doença nem nada tão importante. Mas, de certo modo, achar determinadas coisas que pareciam perdidas para sempre, restaurá-las e inseri-las de novo na história, torná-las importantes e especiais... Para mim, isso não tem preço. — Davi me fita, inseguro, esperando minha reação. Eu estou parada no meio do caminho, olhando fixamente para ele. Para falar a verdade, não estou surpresa. Eu sempre soube que ele é brilhante, e doce, e sonhador. Porém ouvir falar é diferente de supor todas essas coisas. — Eu não espero que você entenda; às vezes, nem eu entendo esta minha obsessão.

— Para falar a verdade, entendo completamente. Acho que não somos tão diferentes. Amo História e tudo o que é velho e antigo. Acho que esse tipo de amor nasce conosco, não é mesmo?

— Sim, tem toda razão. Será que eu posso perguntar se você já quis estudar algo assim? Na faculdade?

Ele está curioso ou desconfiado? É difícil saber com certeza, mas tenho a impressão de que Davi é o tipo de pessoa que acredita nos outros. Ele confia, diferentemente de mim. Resolvo dizer somente parte da verdade. Mal sabe ele que eu realmente já pensei em algo assim. Não só pensei, como também coloquei em prática. Por um ano, estudei História e Literatura na faculdade. Fiz o que eu amava, achei que estava realizando um sonho muito esperado. Durou pouco, no entanto.

— Sim. Já pensei nisso. Mas, por enquanto, é só um sonho distante.

Como não quero que ele veja minha amargura, tento mudar de assunto.

— Você pretende fazer o que depois desse projeto? Tem um plano?

Mudar o foco para ele em meu lugar é o melhor que posso fazer no momento. Já que falar com Davi parece fazer-me querer abrir a boca e despejar toda a minha vida em cima dele, prefiro não falar sobre mim e ponto final. Nem a mentira, muito menos a verdade, o que seria um desastre completo.

— Sabe, o bom dessa carreira, se é que podemos chamar assim, é que você nunca sabe o que vem depois — responde. — Você está onde precisam de você, onde as relíquias aguardam para ser encontradas e exploradas.

— Acha isso bom? Ter uma rotina não é atraente?

Davi não precisa pensar para responder; parece já ter pensado nisso muitas vezes. A resposta está na ponta da língua.

— Não se trata de ter uma rotina. Eu não me importaria se tivesse. Mas não saber o que você vai encontrar a cada novo dia, a surpresa e a emoção, isso faz parte de mim. Eu adoro. Nunca tive vontade de saber o que eu teria de fazer depois. Chegar a um trabalho que já está lá, apenas esperando que você analise e resolva os problemas... Meu pai sempre quis que eu fizesse algo desse tipo, como Direito ou Administração. Mas isso não é para mim. Nunca foi. Isso era ele. Durante toda a minha vida, ele foi esse cara, que tinha planos e coisas a fazer. Mas não queria ser como ele.

Uau. Em menos de cinco minutos de conversa, já sinto que conheço Davi profundamente.

Ele não parece preocupado por ter revelado parte da sua vida para uma completa (ou quase completa) estranha. Já eu, apesar de ter este sentimento de pertencer a algum lugar quando estou com ele, ainda não achei um meio de me abrir. Acho que meu medo maior é que, quando ele souber com o que está lidando, fuja tão rápido que eu não terei tempo nem de me despedir. E isso eu não seria capaz de aguentar.

Com mil pensamentos percorrendo minha mente confusa, percebo que estamos na frente do celeiro, e com pesar aceito que está na hora de nos despedirmos. Nada de companhia esta noite, por mais tentador que seja.

— Bom, parece que chegamos. Devo dizer que você mora muito perto — Davi afirma.

Ele está me provocando de novo. Agora, quando ele me provoca assim, não sinto vontade de fechar a cara e ser mal-educada. Pelo contrário, sinto vontade de rir, porque sei que a provocação dele significa que ele se importa.

— Você diz isso porque não tem de percorrer este caminho todos os dias, ida e volta — respondo. — Aposto que mudaria de ideia quanto a eu morar perto.

— Acho que você sabe o que eu quis dizer. É perto demais porque esta está sendo a única oportunidade que tenho para passar um tempo com você. E eu queria mais.

Percebo uma mudança no ar. Sútil, mas forte o suficiente para que eu me sinta quente e ansiosa, como se o olhar dele queimasse, penetrasse meus sentidos, deixando um fio de alta-tensão ligado diretamente em mim.

Ao mesmo tempo, como se um interruptor houvesse sido ligado, tenho uma ideia. É uma ideia idiota, com certeza, mas quando foi que eu consegui pensar com razão, estando com Davi perto de mim? Antes que eu me dê tempo para pensar melhor, pergunto:

— Será que você me faria um enorme favor? Tipo, bem grande mesmo? Eu não pediria se não fosse muito importante.

— Claro; sabe que pode me pedir qualquer coisa.

— Preciso de uma carona até a cidade vizinha. Lá tem uma biblioteca com computadores e internet, e preciso fazer umas pesquisas.

— Tudo bem. Podemos ir no fim de semana.

— Mas tem um problema.

— Qual?

— Bem, demoraremos cerca de duas horas e meia para chegarmos lá, e não sei de quanto tempo precisarei para a pesquisa. E, depois, será muito tarde para voltar. Então, teríamos de dormir lá.

Agora estou nervosa. Eu não deveria esperar que ele concorde com isso. Afinal, não tem motivos para ele me fazer favores como esse.

— Você disse que temos um problema? Savanah, entenda. Dormir com você nunca será um problema.

— O quê? N-não, o que eu quis dizer é que teremos de dormir lá. Não juntos.

Devo estar vermelha como um pimentão, já que estou balbuciando e não consigo completar uma frase sem gaguejar.

— Estou só brincando — ele responde. — Sei o que você quis dizer. E eu aceito, já que não tenho planos para o fim de semana. Mas tenho uma condição.

— Que condição? — pergunto, receosa, mas, falando sério, eu não tenho mais nenhuma alternativa, então qualquer condição que ele coloque eu terei de aceitar, se quiser encontrar um computador e fazer algumas pesquisas.

— Nada de hotéis e pousadas. Vamos acampar. Conheço um lugar lindo e seguro em que podemos passar a noite. E eu tenho até a barraca.

Ai, meu Deus. Se eu achava que a ideia de pedir para ele me levar era horrível, essa é a ideia mais imbecil que poderia existir. Nós dois, em uma barraca, sozinhos, no meio do nada. O que poderia dar errado?

— Certo — concordo. — Mas já vou avisando que nunca acampei e não tenho ideia do que fazer com uma barraca. Será tudo sua responsabilidade.

— Isso não será um problema.

E, com essa última declaração, ele me deixa plantada na frente do celeiro, imaginando o que significa o sorrisinho de lado que ele dá antes de ir embora. *Convencido.*

14

DAVI

Hoje é sexta-feira. Amanhã, eu e Savanah viajaremos. Durante a semana, a acompanhei até sua casa todos os dias. Pude conhecer um pouco da sua personalidade, mas as questões pessoais da vida dela ainda não pude descobrir.

Savanah não deixa escapar nada: nem sobre a família, nem sobre amigos, nem sobre sua antiga cidade. E ela não fala, jamais, sobre o que a fez vir para cá. Desconfio de que seus motivos sejam muito maiores do que posso sequer imaginar.

Não consigo conter minha imaginação quando começo a pensar nisso. Será que ela está fugindo de alguma coisa ou de alguém? Será que sua família a abandonou ou morreu? Às vezes, vou mais longe e penso que talvez ela tenha feito algo tão ruim que precisou se esconder.

No entanto, não deixo tais pensamentos permanecerem por muito tempo. Acho que, quando ela estiver pronta, vai compartilhar comigo. Não quero julgá-la sem conhecer seus motivos.

Hoje, estou do lado de fora da lanchonete em que ela trabalha, esperando-a sair. Já está escuro, e fico feliz por ela ter aceitado minha companhia. Não parece muito seguro andar esse caminho todo sozinha.

Um movimento ao lado chama minha atenção. Uma sombra alta e escura está espreitando, observando. Aqui é tão isolado que parece improvável que alguém esteja somente de passagem. Parece que essa pessoa está à procura de algo.

Mas, quando decido verificar, ir até essa pessoa e questionar suas intenções, o sininho na porta me alerta que alguém está saindo da lanchonete. É difícil me concentrar em outra coisa que não seja Savanah, usando um vestido soltinho, sapatilhas e o cabelo preso em um coque bagunçado no alto da cabeça. Ela está simples, não usa nenhum artifício para ficar mais apresentável e não se esforça para parecer arrumada. E é a coisa mais linda que eu já vi na vida. Não é só a beleza clássica, com os cabelos longos e loiros, o nariz pequenino e os olhos claros. Ela tem tudo isso, mas sua alma emana uma energia incontrolável, que me puxa e me faz querer estar perto.

Um segundo olhando para ela e esqueço qualquer preocupação anterior. Começo a me aproximar e, desta vez, ela não se assusta com a minha repentina aparição. Fico feliz com isso, pois quer dizer que ela se acostumou à minha presença.

— Oi, Davi — cumprimenta. — Achei que não viria hoje, já que amanhã sairemos bem cedo.

Savanah mexe sem parar no cabelo; está nervosa. Também me sinto nervoso. Parece que essa pequena viagem pode determinar se temos alguma chance juntos ou se o melhor é nos afastarmos. Até agora, não consigo distinguir bem esse relacionamento, se é que podemos chamar assim.

A única coisa que faz sentido para mim é que somos puxados um para o outro por uma força invisível e poderosa. Não estou tentando conter esta atração, pois, por mais assustadora que seja, é a melhor coisa que sinto em muito tempo. Depois de relutar bastante, no momento parece que Savanah também está deixando rolar. Parece que deu um tempo nas preocupações e possíveis complicações da nossa relação. Apesar de querer mais, estou disposto a aceitar somente o que ela tem a oferecer. *Por enquanto.*

— Não consegui resistir — respondo. — Além do mais, este lugar é deserto e, com certeza, muito perigoso. Agora que peguei este hábito de te acompanhar, será difícil te deixar sozinha.

Seus olhos brilham quando ela olha para mim, com certeza interpretando o duplo sentido da minha frase. Não somente sozinha para andar até em casa — também estou tentando aplacar essa solidão mais profunda que percebo no seu olhar e na sua postura.

— Bem, estou ficando mal-acostumada. O que farei quando você for embora e eu tiver de andar por todo este caminho sem companhia, correndo grande risco de morte?

Coloca a mão no peito, em ironia, mas percebo o fundo de verdade nas suas palavras. Tem razão, e franzo as sobrancelhas ao perceber que essa possibilidade me deixa apreensivo e com vontade de *ficar*.

Não é hora de pensar nisso agora; o futuro é uma incógnita que não estou disposto a desvendar. Prefiro deixar acontecer e aguentar as consequências depois, sejam elas quais forem.

— Ei, já está querendo se livrar de mim? — brinco. — Ainda tenho muito tempo na cidade. E, enquanto eu estiver aqui, vou incomodá-la muito.

— Estou contando com isso. — E dá uma risada tão gostosa que sinto meu peito se abrindo, como se recebesse todo o ar do mundo.

— Você deveria rir mais...

— Faz tempo que alguma coisa não me fez rir de verdade. É bom.

Continuamos andando sem mais palavras, num silêncio confortável. Mais rápido do que eu gostaria, chegamos à frente do celeiro.

— Bom, chegamos — comento. — Amanhã, passarei aqui às oito.

— Está bem. Você não tem ideia de como fará um favor imenso para mim. Obrigada.

Quando ela começa a dar as costas para mim e ameaça entrar no celeiro, não me contenho. Seguro seu pulso e a viro para mim. Sinto seu pulso acelerado sob a palma da minha mão. Vejo quando ela abre ligeiramente os lábios e passa a língua. Não consigo desviar os olhos da sua boca nem quando ela me olha com expectativa. *Desejando.*

Nunca senti com tanta intensidade. Sua pele sob meus dedos queima, até que ela muda a posição da sua própria mão, virando-a e entrelaçando nossos dedos. Solto um gemido rouco, estranho até para os meus próprios ouvidos, e, quando dou por mim, estou segurando seu rosto com as duas mãos, pressionando seu corpo na parede mais próxima, buscando apoio, enquanto exploro sua boca de forma desenfreada e selvagem.

Mal sinto seu peso quando ela enrosca as pernas ao redor da minha cintura, aproximando nossos corpos o máximo possível, como se qualquer espaço vazio entre nós fosse desnecessário. E é. Meu cérebro parece estar derretendo, meus ouvidos estão tomados por nossas respirações ofegantes e desesperadas. Tenho vontade de entrar com ela no celeiro e simplesmente a deitar no chão, tirar sua roupa e nos satisfazer.

É difícil me controlar, mas, se quero alguma chance de que algo real aconteça entre nós, preciso fazer mais do que trepar com ela no chão, ou encostado numa parede. Até que não é má ideia, mas não na primeira vez, e com certeza não aqui fora.

Obrigo-me a me afastar. Savanah parece querer outra coisa, porque se agarra à minha camisa e continua me beijando, mordendo meu lábio inferior e gemendo baixinho. Se eu não me afastar neste instante, tenho certeza de que minha boa vontade irá para o espaço. Depois de um último beijo empolgado, afasto-me de vez, mantendo nossas testas juntas, retomando o controle da minha respiração e observando Savanah de olhos fechados, tentando se controlar também.

Quando finalmente a coloco no chão, ela abre os olhos, e vejo o que está se passando por sua cabeça: culpa, censura e o pior, arrependimento.

— Não ouse se arrepender disso. — Deixo minhas mãos pousadas na sua cintura, levemente agora, apenas mantendo o equilíbrio. — Pode fingir que se arrepende e que foi um erro, mas nós dois sabemos que foi extraordinário. Coisas assim não devem gerar arrependimentos e tristezas.

— Não, Davi, eu não estou arrependida por isso ter acontecido; eu não poderia. — Ela me surpreende pousando as palmas pequenas no meu rosto, num gesto carinhoso que eu não esperava receber. — Quer saber do que me arrependo?

— Do quê?

Prendo a respiração enquanto espero sua resposta.

— De ter parado tão cedo.

Com essa resposta e um sorrisinho malicioso, entra no celeiro e bate a porta na minha cara. Fico mais um momento observando a madeira lascada, imaginando Savanah lá dentro. E, neste momento, também me arrependo amargamente de ter parado.

15

~~LIVE~~ SAVANAH

Mal consigo dormir à noite. Passo o tempo todo me revirando, mas, desta vez, não é por causa dos pesadelos. Eu estou em um misto de empolgação e medo, e sinceramente não sei qual emoção prevalece agora.

O que sei é que o beijo de ontem à noite acendeu em mim um tipo estranho de sensação. Uma borbulhante e incontrolável vontade de *sorrir* sem motivo, misturada a milhares de borboletas em um turbilhão no meu estômago. Não quero nem pensar no que isso pode significar, já que é mais fácil fingir não ter importância.

Mas o que me pego pensando de madrugada, nos momentos em que estou em alerta máximo, é que não quero *fingir* este sentimento. Não quero fingir que ele não mexe comigo. É uma parte da minha vida atual que decido manter às claras. Quanto mais penso nisso, mais me convenço de que é a decisão certa não lutar contra o sentimento que tenho por Davi, porque certamente seria uma luta perdida.

Vejo os sentimentos chegando, devagar, mas provocando uma grande mudança em mim. Por mais que pareça pouco, apenas um beijo em um cara que acabei de conhecer, por trás da fachada é muito mais. Significa que finalmente estou me abrindo, permitindo-me novamente. Ainda vejo um longo caminho pela frente, afinal não dá nem para começar a enumerar o tanto de problemas que isso pode causar, sem contar os problemas que eu já tenho.

Mas uma coisa que eu costumava ouvir dos meus pais, numa época bem distante, é que só podemos controlar aquilo que está ao nosso alcance. Aquilo que não depende de nós não deve se transformar em preocupação desnecessária.

Por ora, reconheço que meus sentimentos por Davi são mais fortes do que eu gostaria, mais fortes do que eu sequer imaginei poder sentir de novo. E também estou começando a resolver assuntos do passado, que já adiei demais.

O resto, resolverei quando for necessário, e não antes disso. Sofrer por antecipação não adiantará nada, e só me deixará estressada.

Mas uma preocupação imediata é, sem dúvida, qual roupa vestir. Eu nunca acampei na vida, muito menos com um cara, então podemos dizer que estou perdida. E muito ferrada. Decido que short, camiseta e *All Star* são uma escolha segura. Decido levar também minha mochila com uma calça de moletom, minha camisa gigante para dormir, meias e roupa de baixo. Suspiro ao tentar domar meu cabelo, mas a agitação da noite deixou tantos nós que será impossível pentear sem arrancar vários tufos. Sem opção, faço um coque alto, pego os óculos escuros e a mochila e saio do celeiro no momento em que Davi estaciona a caminhonete.

Caramba, isso que é pontualidade. Em vez de esperar dentro do carro, ele me surpreende saindo e abrindo a porta para que eu possa entrar. Mas surpreendente mesmo é o modo como ele me dá um beijo demorado na testa, tão meigo e carinhoso que tira meu ar por um momento. É claro que acabo por corar feito um tomate, mas, mesmo assim, um sorriso genuíno estampa meu rosto. Assim que ele se senta na frente do volante, começa a falar:

— Trouxe café da manhã. Achei que não seria bom perder tempo parando para comer. Além disso, tenho certeza de que você está cansada de comida de restaurantes de beira de estrada.

O comentário é de tom jocoso, e ele levanta as sobrancelhas, provocador. Não poderia estar mais certo.

— Eu com certeza estou farta de restaurantes de beira de estrada — respondo. — Quero dizer, a não ser que tenha bacon. Nesse caso, eu poderia abrir uma exceção.

A risada que Davi solta, um som profundo que aquece meu corpo todo, é o suficiente para me fazer relaxar. Ele pega, então, um pacote no banco traseiro, que por sinal exala um aroma de dar água na boca.

— Temos pães doces com recheio de creme, e, para você, tem um suco de laranja no isopor.

— Hum... E para você?

— Café, é claro. — Pisca para mim.

Desta vez, quem solta uma gargalhada sou eu. Davi também parece relaxado quando começa a dar a volta no celeiro, pegando a estrada secundária e seguindo em frente, rumo à cidade vizinha.

Prevejo que algo importante está prestes a acontecer. Algo desconhecido e maravilhoso.

•

Chegamos ao nosso destino depois de três horas e meia. Um pequeno incidente com um caminhão na estrada foi o suficiente para causar um transtorno enorme. Ficamos quase meia hora parados dentro do carro, esperando que o congestionamento logo se resolvesse.

Quero dizer, isso é o que eu digo em voz alta. Na minha cabeça, com meu cérebro pouco racional, estava torcendo para ficar mais um tempinho presa ali, desfrutando da companhia de Davi. Um pensamento muito idiota, considerando que o calor estava sufocante, ja que o carro não tem ar-condicionado e as nossas bebidas estavam esquentando perigosamente dentro do isopor.

Mas a normalidade daquele momento – estar presa no trânsito com a única pessoa com quem eu queria estar – era algo muito bom para acabar tão rápido. Eu só queria prolongar aquela sensação.

Infelizmente, assim que adentramos a cidade pequena (mas muito maior e mais completa do que aquela em que vivemos), a realidade bate em mim como se fosse um caminhão em alta velocidade. Percebo o quanto esta ideia pode dar errado. Trazer Davi aqui, obrigá-lo a, indiretamente, participar de toda esta confusão, faz de mim a pior pessoa do mundo. Se ao menos eu tivesse contado a verdade, explicado os motivos que me faziam ter de vir até aqui, ele poderia ter escolhido correr este risco ou não.

Dentro de mim, sei que ele escolheria me acompanhar, escolheria *a mim*. Mas, de qualquer forma, não lhe dei essa oportunidade. Simplesmente o joguei nisso, sabendo quais podem ser as consequências. Prometo a mim mesma que contarei a ele quando retornarmos em segurança. Ao menos uma parte da verdade. Não me permito cogitar a possibilidade de contar tudo.

O que tenho de fazer, de imediato, é manter o foco nas informações que eu preciso conseguir hoje. Começo a listar na minha cabeça, quando então algo me ocorre. Como farei para que Davi não veja o que estou procurando? Como posso esconder dele? E o mais importante de tudo: eu realmente desejo manter mais esse segredo?

O problema é que explicar o que é essa pesquisa significa falar sobre mim e sobre o meu passado. Neste caso, acho que apenas pedir para ele me dar privacidade terá de bastar.

Assim que estacionamos na frente da biblioteca e ele desliga o carro, viro-me no banco para encará-lo.

— Preciso de mais um favor.

Ele só me encara em expectativa, sem responder. Respirando fundo, continuo:

— O que tenho que fazer aqui é muito delicado, e eu preciso ir sozinha. Eu prometo... prometo que, assim que resolver algumas coisas, te contarei. Acredite em mim quando digo que você está melhor sem saber.

Para minha surpresa, ele não parece aborrecido. Dá aquele sorriso de lado, todo charmoso, e responde:

— Eu volto às quatro. Está bem assim? O lugar onde vamos acampar não é longe, mas não quero ter de armar uma barraca no escuro.

— Sim. Às quatro está perfeito.

Estou aliviada por ele não ter insistido em ficar. Ao mesmo tempo, sinto algo diferente dentro de mim. A vontade de compartilhar isso com ele está mais forte do que nunca. Percebo que confio nele o suficiente para falar. Também percebo que ele confia em mim o suficiente para entender minhas reservas. E isso, sim, me faz entender que ele é a pessoa certa para eu dar um passo adiante. Ele vale todo o risco do mundo.

Quando estou prestes a abrir a porta do carro, ele segura minha mão carinhosamente e fita meus olhos. Uma das coisas que mais me encantam em Davi é isto: a capacidade de olhar e ver tudo que eu quero falar, mas ainda não tenho coragem. Esse entendimento que ele parece ter sobre mim.

— Você promete, Savanah?

O modo como *Savanah* soa nos seus lábios não me agrada. Eu não quero ouvir o nome de outra, o que é ridículo, já que, teoricamente, este *é* o meu nome.

— O que quer que eu prometa? — indago.

Não há nada neste momento que eu seja capaz de recusar. Estou encantada, vivendo numa realidade em que ele governa meus pensamentos e minhas vontades.

— Promete que vai me contar?

— Sobre a pesquisa?

— Sobre tudo.

Não sei o que responder. Contar tudo é um passo grande demais, importante demais, *perigoso* demais. Não haverá volta. Apesar de ter demorado para responder, desde o primeiro momento já tenho a resposta. Ela já está formulada antes que eu sequer tenha tempo de me arrepender ou de pensar melhor. É a única resposta possível. É simples e fácil quando pronuncio:

— Sim.

•

O prédio da biblioteca contrasta absurdamente com o resto da cidade. É de vidro, um largo e quadrado. Tem apenas um andar. E o melhor: tem um ar-condicionado bem gelado. Ao perguntar para a moça da recepção onde eu poderia acessar a internet, ela me acompanha até uma sala ao fundo. Vários computadores se alinham, separados em cabines individuais. Aqui também há mesas de estudos e uma mesa grande de reunião no centro. Ela me indica um computador vazio e se retira em seguida. Diz que eu posso demorar quanto tempo for necessário. Espero não demorar muito.

É estupidez, mas meu coração começa a bater mais forte quando abro a página de pesquisa. Não tenho ideia de como procurar, ou mesmo o que procurar. Resolvo digitar a data daquele fatídico dia e o endereço do galpão onde tudo aconteceu. Apesar de não estar na primeira página, encontro facilmente várias notícias que podem me interessar. Alternam entre "GAROTA DESAPARECIDA", "GALPÃO INTERDITADO" e "INVESTIGAÇÃO POLICIAL". Até que bato o olho em uma notícia mais recente, de um mês atrás, onde se lê: "GAROTA DESAPARECIDA PODE ESTAR ENVOLVIDA COM TRÁFICO DE DROGAS".

Meu mundo parece congelar enquanto leio a notícia completa. Em seguida, pesquiso mais sobre essa investigação, com a esperança de ter lido errado, ou de ser apenas um mal-entendido horrível. Infelizmente, a sorte está contra mim. Em todo site que clico, surge a mesma coisa, escrita com palavras diferentes.

Não tenho ideia de como isso aconteceu, de como os policiais chegaram a essa conclusão absurda. Finalmente, encontro uma reportagem que conta detalhadamente o caso, as suspeitas da justiça e o andamento da investigação.

Resumindo, alguém que estava na festa à qual fui naquela noite, antes de ir para aquele galpão abandonado, reportou aos policiais que eu estava nervosa e inquieta. Depois, desapareci antes de várias pessoas surgirem com cocaína. Até aí, nada comprovado, apenas uma hipótese distante.

Mas quando os policiais finalmente encontraram o galpão abandonado onde tudo acontecera, também descobriram a minha bolsa. Meus documentos estavam todos lá, além de um bolo considerável de dinheiro, e o mais impossível de tudo: cocaína separada em pacotes pequenos.

Deduziram tudo: eu vendi as drogas, fui para o galpão, abandonei meus documentos e fugi. É claro que ninguém entendia o porquê de eu ter deixado o dinheiro lá, ou até a bolsa, onde qualquer um que a encontrasse poderia me identificar imediatamente. Por esse motivo, estou sendo procurada para prestar depoimento e ainda não sou considerada culpada de nada. Mas sou *suspeita,* o que é quase tão ruim quanto ser culpada.

Caí numa emboscada, e ainda tramaram para que, em vez de vítima, eu me tornasse suspeita. Martin está tentando se livrar de duas coisas: primeiro, da sua participação na venda de drogas para estudantes, colocando a culpa em mim. As pessoas nos viam juntos o tempo todo, então não seria estranho se eu estivesse por trás do tráfico. Em segundo lugar, ele quer se livrar do que fez comigo, tramando para que os motivos da minha fuga sejam mal interpretados.

Estou escondida em uma cidade de merda, achando que estaria segura, sem saber que tudo está desmoronando à minha volta. O choque percorre as minhas veias, uma tristeza profunda misturada com raiva.

Raiva do Martin, por ter roubado tanto de mim: minha juventude, minha liberdade, meus sonhos. Mas, acima de tudo, estou com raiva de mim mesma, por ter sido tão medrosa e tão inocente. Se ao menos eu tivesse procurado a polícia, se tivesse ido para um hospital... Mas o medo não deixou que eu pensasse com a razão. Eu só pensei em fugir e me manter segura. O importante era ir para um lugar tão novo e tão distante que ele não me acharia. Mesmo depois de tudo o que eu tinha descoberto sobre ele, não pensei que ele chegaria a esse ponto. Colocar a culpa em mim, depois de quase ter me matado?

Agora, a falsa sensação de segurança que eu tive durante esses meses em que me mantive longe está se afastando de mim, escorrendo pelos meus dedos como a água da chuva. É estranho pensar que, até aqui, depois de tudo de que abri mão, ainda sou uma prisioneira.

•

Depois de quase duas horas de pesquisa, reunindo tudo o que pude, imprimo várias notícias, relatórios policiais e qualquer coisa que possa provar minha inocência, inclusive históricos escolares e depoimentos de professores e alunos que estudaram comigo.

Mas uma coisa pode me ajudar de verdade a provar a minha inocência. Mais precisamente, uma *pessoa* tem provas suficientes: minha mãe.

No dia do crime, corri para o campus e peguei o meu carro sem levar nada comigo além das chaves. Cheguei à clínica onde minha mãe estava se recuperando. Depois de seis meses lá, ela não estava no hospital, mas em um chalé particular, seu próprio lugar, embora ainda sendo constantemente cuidada por enfermeiros. A reabilitação estava indo bem, mas ela não se sentia forte o suficiente para viver sozinha.

Identifiquei-me na portaria e entrei. Não me dei ao trabalho de me esconder. Assim que pisei na varanda, meus joelhos se dobraram, a perda de sangue e o cansaço cobrando seu preço. Minha mãe ouviu o baque do lado de fora e correu, horrorizada com o corte atrás do pescoço, além das pequenas feridas nos braços. Levou-me para dentro e ligou para alguém de confiança, depois de eu ter implorado que ela não chamasse uma ambulância.

Uma enfermeira mais velha chegou depois de poucos minutos, carregando uma maleta. Imediatamente, começou a me limpar e a colocar ataduras. Enquanto isso, eu contava, aos prantos, o que tinha acontecido. Mas o que eu não me permiti pensar até agora é nas fotos que minha mãe insistiu em tirar. Provas, no caso de eu resolver denunciar. Achei que não seria necessário, que eu iria desaparecer e que nunca mais pensaria no assunto. Hoje, agradeço por ela ter feito aquilo por mim. E por ter corrido o risco de guardar algo tão perigoso.

O próximo passo do meu plano está traçado antes mesmo de eu desligar o computador. Eu tenho de ligar para ela e dar um jeito para que essas fotos cheguem às minhas mãos, de preferência sem torná-la um alvo.

Observando o relógio, percebo que demorei muito no computador. Já passa das duas da tarde, e, apesar de o meu estômago estar roncando furiosamente, há uma coisa mais importante que preciso fazer.

Vou até a recepção, torcendo para que haja alguns telefones públicos em que eu possa fazer uma ligação. Dou sorte, porque eles realmente ainda mantêm telefones que funcionam com fichas.

Enquanto disco o número da minha mãe e torço para que ela atenda, tenho um momento para pensar em todo o caos que se desenrola à minha volta. Quais são as minhas opções? Mesmo que eu consiga as fotos, não deixarei de correr um risco enorme. Pelo que eu saiba, Martin pode estar bem próximo de mim, apenas observando meus movimentos e se preparando para atacar. Eu realmente o vi naquele dia na festa do celeiro. Não era minha imaginação. E agora eu imagino o porquê de ele querer se livrar de mim. Eu sou quem garantirá sua passagem para bem longe da cadeia. Ele não será condenado, e eu estarei desaparecida ou morta. Não poderei acusá-lo.

— Alô? — uma voz conhecida fala de repente ao telefone, tirando-me do devaneio.

— Mãe...

Apesar de tudo por que passamos, de todos os problemas antigos, é reconfortante ouvi-la, e uma súbita saudade se apodera de mim, apertando-me o peito.

— Ah, meu Deus. Live, é você?

Sua voz está chorosa, e só isso já é capaz de quase me fazer chorar. Mas seguro. Agora, eu não posso deixar as emoções tomarem conta. Tenho de me manter firme até resolver tudo. Depois, eu posso me afogar em lágrimas, se quiser.

— Sou eu, mãe — respondo. — Conte, como você está?

— Ainda escondida na clínica. Mas não se preocupe, ninguém vai procurar uma bêbada em reabilitação.

— Mãe, você não é mais uma bêbada.

— Tem razão. Mas, por enquanto, é melhor que todos pensem que sou exatamente isso.

— Sim, sim. Sinto muito que você tenha de fazer isso por minha causa.

— Não se preocupe. O que importa é que você está ligando. Imagino que saiba das acusações.

— Acabei de saber, na verdade. Exatamente por isso estou ligando. As fotos estão seguras?

— Estão no pen drive.

— Pode me enviar?

— Sim, para qual endereço?

Passo o endereço da caixa postal da biblioteca, já que, dessa forma, consigo manter minha própria localização em segredo.

— É aí que você está vivendo, Live? — ela pergunta.

— Mãe, não posso falar. Sabe que é para o seu bem. Se eu começar a te contar essas coisas, eles podem te usar para me achar. Podem te fazer mal.

— Certo, certo. Sei disso. Mas estou preocupada, Live. Já faz seis meses desde que você sumiu, e não tive qualquer notícia.

— Eu não podia. Era melhor desse jeito, porém, de qualquer forma, estou em segurança. Mas estou cansada de fugir, e, agora que fiquei sabendo desses boatos, preciso encontrar uma forma de provar minha inocência.

Resolvo deixar de fora a parte sobre Martin ter me encontrado. De nada adiantaria falar sobre isso. Quanto menos minha mãe souber, melhor.

— Tudo bem — ela assente. — Enviarei imediatamente. Mantenha-se segura, Live.

— Pode deixar. Obrigada, mãe, e continue escondida. Eu prometo que resolverei tudo.

Desligo sem mais uma palavra, torcendo para que consiga cumprir minha promessa: resolver tudo. E o mais rápido possível.

•

Às duas e meia, já estou com tudo reunido numa pasta. E perambulo pela biblioteca, sem ter outra forma de passar o tempo até Davi me encontrar.

Por sorte, encontro um bom livro e começo a lê-lo. Quando dou por mim, já está na hora de ir embora. Na saída, deixo meu nome e o telefone da recepção da lanchonete, para que possam me avisar assim que o pen drive chegar. Ao sair à luz do sol forte, vejo a caminhonete estacionada do lado de fora. Um calor gostoso toma meu corpo, um arrepio diferente.

É um tipo de excitação que só acontece quando se encontra a pessoa certa. Vou andando em direção ao carro, torcendo para que eu possa aproveitar este dia antes que eu retorne para a realidade.

— Tudo certo? — pergunta Davi, com genuína preocupação. Não está tudo certo, mas no momento assinto e fecho a porta, ansiosa para esquecer o assunto.

— Comprei tudo de que precisamos para o acampamento — acrescenta.

Levantando a sobrancelha, respondo:

— Achei que você tinha falado que já tinha a barraca.

— Ah, eu tenho a barraca, mas isso não é o mais importante.

— Não? O que é o mais importante?

— *Marshmallows*!

Solto uma gargalhada. Ele realmente tem o dom de me fazer rir sem motivo nenhum.

— Uau! Você sabe mesmo o que é prioridade.

— Não é um acampamento de verdade se não tiver *marshmallows*.

Fala sério, e só posso observá-lo, pensando no quanto seria bom e fácil viver todos os dias ao seu lado — ouvindo suas piadas ridículas e fofas, vendo seu sorriso de lado aparecer sempre que *eu* sorrio. É tentador demais simplesmente me deixar levar.

— Claro que os *marshmallows* são muito importantes — respondo. — Mas também espero que você consiga acender a fogueira. Caso contrário, não conseguiremos assá-los.

É fácil ser divertida quando Davi está comigo. Não tenho de me esforçar, e, apesar de não ter contado muitas verdades para ele desde que nos conhecemos, sou verdadeira da única forma que importa: por dentro.

16

DAVI

Apesar de a curiosidade ser grande, quando Savanah entrou no carro, não pude perguntar o que tinha feito o dia todo na biblioteca. Só pude garantir que está tudo bem. Terei de confiar que, quando estivermos de volta à cidade, ela me contará tudo. E confio. Sei que ela esconde coisas de mim. De todos, aliás.

Mesmo assim, enxergo quem ela é por dentro. Quando a fito nos olhos e vejo sua fragilidade, não preciso de palavras para saber que seu coração é verdadeiro. Está mais difícil controlar meus sentimentos.

Quando sorri para mim, esse sorriso tímido, ou gargalha alto de alguma piada idiota que conto, é como ver o sol nascendo só para mim.

Não sei o que esperar desta noite. Não me permito pensar nem esperar nada, mas não posso deixar de levar meus pensamentos para o fato de que eu só tenho uma barraca. Ou seja, *teremos* de dormir juntos. Estou ansioso por passar um tempo a sós com ela, sem preocupações, sem trabalho, sem ninguém por perto. Acampar é uma coisa de que sempre gostei, então resolvo que será uma experiência interessante. Imagino que, apesar da atual aparência simples e de morar em um celeiro, Savanah não seja uma pessoa que aprecia a natureza e que gosta de dormir ao ar livre. Acho que ela se acostumou por necessidade. Mas estou apenas divagando enquanto dirijo para o local em que vamos acampar. Em se tratando de Savanah, não posso afirmar nada com certeza. Ela ainda não se abriu comigo, não me deixou entrar.

Numa estrada secundária, a quase meia hora de onde estivemos, entro numa bifurcação de terra. Pode parecer deserto e assustador, mas, quando eu era pequeno, meus pais adoravam este lugar. Era minha viagem preferida, pois meu pai desligava o celular e ficava só comigo pelo fim de semana inteiro.

— Você, por acaso, não é um psicopata que pretende me matar e me desovar nessa mata, é? — indaga.

Ao ouvir a pergunta, por um momento, imagino se ela realmente está falando sério. Fico um pouco preocupado, ponderando se a deixei com medo. Até que olho em seu rosto e vejo que seus lábios se repuxam de forma brincalhona.

Isso é mais uma coisa que eu adoro em Savanah: a maneira como, em pouco tempo, consegue desabrochar, soltar-se quando está comigo. Vejo como ela se porta com as outras pessoas, e meu lado egoísta adora como ela é diferente quando está ao meu lado.

— Não se preocupe — respondo. — Não pretendo matar você. Vamos nos divertir.

Ela fica em silêncio, mas continua sorrindo, tranquila. É uma visão e tanto. Continuo pela estrada por mais uns dez minutos, até que uma clareira desponta à nossa frente. Fico feliz quando vejo a pequena cachoeira, as águas calmas e cristalinas, e ouço o som que me é tão familiar e tranquilizador.

Agora, Savanah olha encantada pela janela abaixada. Pontos para mim. Pela sua feição, julgo que ela tenha adorado o lugar. E isso é confirmado quando a ouço murmurar:

— Isto, sim, é um primeiro encontro de verdade. Você me conquistou. — E dá uma piscadela. *Uma piscadela.*

O flerte não passa despercebido por mim, mas resolvo não falar nada. Estaciono no limite das árvores e desço do carro, descarregando tudo de que precisaremos para montar a barraca e a fogueira. É fácil montar a barraca. Graças a Deus, não passo vergonha. Mas, evidentemente, é a antiga barraca da minha família. Estou acostumado a montá-la. A próxima coisa que faço é recolher madeira, fazer um buraco na terra e acender uma fogueira improvisada. Durante este tempo todo, Savanah está parada, observando as águas calmas da cachoeira. Quando termino, vou até ela.

— Gostou? — pergunto.

Quero que este passeio seja perfeito. Mais do que isso, quero a aprovação dela.

— Sim. Isso — diz, apontando com as duas mãos para a frente —, isso é maravilhoso. É pacífico e me traz uma paz que eu não sentia há muito tempo. Você acertou em cheio ao me trazer aqui hoje. Eu realmente estava precisando.

— Que bom! Essa era a minha intenção. Quer falar sobre esta tarde? Talvez seja bom desabafar.

Ela se vira para frente novamente, pensativa e parecendo extremamente triste. Quero me dar um tapa por fazê-la mudar de humor tão rapidamente. Mas aguardo que responda mesmo assim. Voltando-se para mim, segura minha mão.

— Será que a gente pode deixar para depois? Contarei quando voltarmos. Mas não quero estragar este momento nem macular este lugar. Quero aproveitar.

— Podemos fazer isso. Posso esperar.

E, com um sorriso no rosto, seguimos para a fogueira, que já irradia um fogo alto.

17

~~LIVE~~ SAVANAH

Parece que Davi leu meus pensamentos ao me trazer a este lugar justo hoje, quando tudo parece prestes a desmoronar. Quando tudo parece estar contra mim, ele mantém um fio de esperança. Quando a tristeza e a mágoa ameaçam me engolir, ele chega para me puxar para a superfície. E me presenteia com este belo lugar.

Isto é o suficiente para deixar minhas emoções à flor da pele. Graças a Deus, nos sentamos diante da fogueira, onde conversamos e rimos, e fazia tanto tempo que eu não me divertia deste jeito que estranho.

Depois de comermos um pacote gigante de *marshmallows*, tenho uma ideia *maravilhosa.* Na verdade, se eu pensar melhor, é uma péssima ideia, mas, com a quantidade de doce que comi, e com a paz que este lugar traz, parece a melhor ideia do mundo.

— Davi, devemos nadar.

A cabeça de Davi vira tão rápido na minha direção que ele poderia quebrar o pescoço.

— O quê? Está brincando, não é?

Sacudo a cabeça.

— Estou falando muito sério. Olhe para este lugar. Quem sabe quando terei esta chance de novo? Preciso fazer isso.

— Mas nem trouxe roupa de banho. E está frio.

— Não está frio. Está quente.

— Só está quente porque estamos diante da fogueira.

Ele não parece entender a minha necessidade de pular naquela água, me purificar, literalmente. Mas preciso convencê-lo. Decido, então, que é de ousadia que preciso neste momento.

Enquanto me levanto e começo a desabotoar a calça, olho para ver se Davi enxerga minha intenção. E, sim, ele me encara intensamente, os olhos refletindo o calor da fogueira que brilha entre nós.

— Davi, por favor. Você me trouxe aqui, e amei este lugar. Podemos pular com a roupa de baixo. Não faz diferença, faz?

Espero que ele não veja meus dedos tremendo enquanto puxo a calça para baixo, ficando só de calcinha, e começo a puxar a blusa para cima. Meu flerte dá certo, porque, antes que eu consiga passar a camiseta pela cabeça, ele se levanta e vem caminhando na minha direção. Prendo a respiração, achando que ele me ajudará com o resto da roupa.

— Tudo bem — responde. — Se é isso que você quer, é isso que você terá.

A poucos centímetros de distância de mim, ele começa a desabotoar a própria calça, sem desgrudar os olhos dos meus. Seus dedos estão firmes enquanto tira a calça e a camisa, ficando apenas de cueca *boxer*. Meus braços ficam caídos ao lado do corpo, aguardando.

Sem aviso, Davi me pega nos braços, me levando pendurada em seu ombro enquanto corre em disparada para a água, deixando-me sem fôlego, gritando e rindo tanto que fico sem ar. Parecemos crianças brincando, mas é divertido demais para eu reclamar.

Por outro lado, não é nada divertido quando nossos corpos atingem a água congelante. Ao emergirmos, minha respiração produz rajadas de ar que fazem fumaça na frente do meu rosto. Tenho certeza de que meus órgãos estão congelando dentro de mim. Meus dentes começam a bater enquanto xingo todos os palavrões que conheço. Não soo muito convincente, já que, a cada sílaba, meus dentes batem com força, fazendo-me engasgar e gaguejar.

— Pu... pu... puta merda! P... p... porra!

Davi está parado a uma certa distância de mim, me encarando, parecendo achar graça no meu sofrimento.

Rapidamente ele corta o caminho e se posiciona bem à minha frente. Somente a sua presença, tão perto e tão grande, é o suficiente para acabar um pouco com o frio que sinto.

— Avisei que está frio — comenta.

Não está mais rindo, nem eu. O frio se dissipa como névoa no ar quando ele me envolve nos seus braços. Eu só posso suspirar, surpresa e feliz ao mesmo tempo.

Imediatamente, por instinto, envolvo minhas pernas ao redor da sua cintura. Gememos quando nossos corpos se tocam em todos os lugares certos, e a pouca roupa que usamos só intensifica as sensações.

Davi não perde tempo e começa a me beijar com uma intensidade arrebatadora, tomando tudo o que consegue, engolindo cada suspiro e cada respiração com avidez e desejo. Seu desejo reflete o meu. O controle que eu tentei manter por todo esse tempo me escapa pelos dedos, e nada posso fazer para refrear todo o sentimento que transborda de mim.

Quando ele começa a andar em direção à margem, tudo o que posso fazer é me agarrar ainda mais a ele, envolvendo meus braços em seu pescoço. Enquanto isso, as mãos de Davi não param de se mover por minhas costas e meus braços, e sinto quando ele para no fecho do sutiã, os dedos hesitantes e inseguros pela primeira vez. Desgrudo minha boca da sua, olho em seus olhos e assinto. Não há espaço para dúvidas. Não há espaço para arrependimentos.

Ele toma todos os meus pensamentos. Ocupa tudo ao meu redor e embaixo de mim. Aqui e agora, ele é meu porto seguro, minha âncora.

Deixa a peça escorregar pelo meu braço, a puxando com delicadeza e pousando-a na margem. Não fico insegura, pelo contrário. Imagino que toda esta confiança se deva ao modo como ele me trata. Parece estar num estado de quase adoração quando olha para mim. Isso é meio estranho, mas é bom.

Fico um pouco vermelha quando Davi me analisa minuciosamente, um olhar abrasador. Mas não baixo os olhos. Encaro-o de volta, também analisando seu peito duro e definido, seu maxilar quadrado, a sobrancelha arqueada. Ele é lindo.

Acho que agora é um bom momento para falar alguma coisa. Nós dois estamos tão expostos aqui, um para o outro, que a única coisa que posso fazer é abrir meu coração para ele. Não tenho medo.

— Se perguntar quando me apaixonei por você, não saberei responder. Não saberei dizer se foi a sua petulância de pedir café quando eu estava derretendo dentro daquela espelunca, ou se foi no dia em que você me defendeu quando eu estava tomando banho do lado de fora do celeiro. Também não sei se foi no nosso "não encontro" na festa do celeiro, ou quando você me tirou do buraco em que eu estava me afundando. Você lutou por mim com unhas e dentes, como ninguém jamais fez. E, agora, você me trouxe aqui, sem perguntas. Você fez isso apenas porque *se importa*. E isto aqui, este paraíso que está compartilhando comigo, me mostrou que não importa quando eu me apaixonei, porque não tem como voltar atrás, e eu não gostaria de voltar, mesmo que pudesse. Estou arrebatada, encantada, e não sei como isto será daqui para frente. Mas, se você ainda me quiser depois de tudo, eu aceitarei.

A última frase saiu em um sussurro, porque, se eu parasse para pensar no que estava dizendo, perderia a coragem. Assim que paro de falar, respiro fundo para tomar fôlego, torcendo para não hiperventilar.

Davi está olhando para mim, como se não acreditasse que despejei essas palavras em cima dele, enquanto nós dois estamos dentro de uma água supergelada, quase nus. Pensando bem, até que é um tanto estranho. Mas, agora que as palavras foram proferidas, é impossível pegá-las de volta.

18

DAVI

Tenho certeza de que estou com cara de besta, parecendo um sapo, abrindo e fechando a boca sem conseguir pronunciar uma palavra. Ela literalmente falou que está apaixonada por mim. Confesso que perdi um pedaço da sua declaração quando pronunciou: "se você me perguntar quando eu me apaixonei por você...". Foi difícil me concentrar em qualquer outra coisa.

Eu já estava sendo otimista, e realmente achei que a nossa relação estava progredindo, mas não esperava por isso. Mesmo eu, que já admiti para mim mesmo que tenho sentimentos muito fortes por ela, não criei coragem para me declarar.

Mas pensando bem, acho que o amor é assim mesmo. Constrói-se naturalmente, sem esforço. E, às vezes, ele se derrama para fora de você, sem controle. O sentimento se transforma em algo tão forte que simplesmente não conseguimos guardá-lo. Acho que Savanah acabou de experimentar isso.

Ela ainda me encara, em expectativa. Obrigo as palavras a saírem.

— Eu... também estou apaixonado por você. E, só para constar, tenho certeza de que você não se apaixonou por mim por nenhum daqueles motivos que citou, mas, sim, por causa deste meu rosto lindo de morrer e deste meu corpo escultural.

A risada que ela dá, alta e despreocupada, faz meu próprio sorriso se alargar. Essa risada é a única coisa de que preciso para viver.

19

~~LIVE~~ SAVANAH

APESAR DO MOMENTO DE DESCONTRAÇÃO, NÓS AINDA ESTAMOS AGARRAdos na água, e, quando tremo involuntariamente, Davi começa a se mover. Ele me coloca primeiro para fora, depois sai. Vai até a barraca, pega um cobertor gigante e me levanta. Penso em protestar quando ele me pega no colo e me deita num outro cobertor já estendido perto da fogueira. Olho para ele, subitamente envergonhada com o quão exposta estou nesta posição.

Eu, deitada, e Davi me olhando de cima. Quando ele se abaixa e afasta o cobertor dos meus ombros, sua proximidade me faz tremer, mas desta vez não é de frio. Seu corpo, pressionando o meu, tocando todas as partes, não deixando nem um centímetro de distância, é a melhor coisa que já senti, e quero mais. Começo a puxá-lo para mim, mas ele afasta um pouco o rosto, observando-me. Abro a boca para perguntar o que está acontecendo, quando ele me interrompe:

— Quero isso mais do que já quis qualquer coisa na vida. Mas, se você não estiver pronta, ou se isso for demais, então só estar aqui com você, deste jeito, já é o bastante.

— Não — respondo. — Não é o bastante. Eu quero isso. Quero tudo o que você quiser me dar. Quero você.

As palavras que precisavam ser ditas foram pronunciadas. O resto se tornou insignificante e desnecessário. O tempo para quando Davi encosta sua testa na minha. Sinto sua respiração na minha bochecha; depois, descendo pelo queixo, chegando ao pescoço e causando arrepios na minha pele sensível. Eu ansiava por isto.

Quando ele desce mais e sinto a quentura do seu hálito em contato com a minha pele gelada, meu mamilo enrijece, e eu arqueio as costas, querendo a sua boca em mim. Ele atende meu pedido silencioso quando fecha os lábios com determinação, sua língua me acariciando, mordiscando, até arrancar um gemido dolorido da minha garganta. O som apenas serve para incentivá-lo mais. Sua calma é excessivamente irritante. Eu o quero, inteiro, *agora; imediatamente.*

— Davi, por favor. *Mais!*

A frase soa mais como um rosnado, as palavras saindo com dificuldade através dos meus dentes trincados. Davi solta uma risadinha e me provoca ainda mais, descendo os lábios molhados pela minha barriga, lambendo ao redor do meu umbigo e chegando mais baixo, numa parte perigosamente próxima ao lugar que *implora* para ser tocado.

Suas mãos acompanham sua boca, descendo pela lateral do meu corpo, e ele enrosca os dedos na lateral da minha calcinha, deslizando-a pelas minhas pernas lentamente. *Lentamente demais.* Estou quase implorando quando sinto sua boca lá. Desta vez, deixo que um grito irrompa. Não ligo mais para o quanto eu possa parecer desesperada gritando assim. Apenas fecho os olhos e sinto cada vez que sua língua passa por um ponto mais sensível. Sinto cada respiração, cada beijo molhado. Penso que morrerei bem aqui, e mesmo assim eu *estarei satisfeita.*

Mas ele para abruptamente. Arregalo os olhos, levanto a cabeça e vejo que se aproxima de mim, levando sua boca à minha mais uma vez, um beijo mais apaixonado que outro, mais desesperado. Suas mãos deixam de me tocar apenas o suficiente para que ele tire a cueca e abra um pacote de camisinha. Um pensamento passa voando pela minha cabeça: ele está prevenido. Será que imaginou que isto aconteceria?

Meu devaneio não dura muito, no entanto. Afasto mais as pernas, esperando que ele se encaixe em mim. *Esperando ansiosamente.* Ele não precisa de mais incentivo. Pelo jeito, está tão necessitado quanto eu. Começo a fechar os olhos no momento em que o sinto, mas um toque gentil na minha bochecha me faz abri-los novamente. Ainda bem que eu abri, pois o carinho, a devoção e a paixão que encontro nesse olhar me deixam mais eufórica ainda.

— Olhe para mim, amor — pede. — Quero que me veja. Veja o que eu sinto.

O apelido carinhoso usado num momento tão íntimo foi libertador. Ainda bem que ele não me chamou de Savanah. Apesar de usar esse nome há um tempo, e de certa forma ter me acostumado a ele, nunca será meu de verdade. É temporário, e isto que estamos vivendo é profundo demais para mentiras. Não desvio o olhar nem por um segundo. Obrigo-me a mantê-lo aberto e focado nele, mesmo quando o prazer está prestes a me dominar. Neste momento, eu o agarro com toda a minha força; braços e pernas enroscados. Não dá para saber onde um começa e o outro termina. Somos um só, corpo e alma que se completam. Ele é tudo o que faltava em mim, e eu o completo da mesma forma.

Como eu vivi sem isto durante todo este tempo, eu não tenho ideia, mas só posso imaginar que o destino o colocou em meu caminho. Quando ele solta um pouco do seu peso sobre mim, satisfeito e exausto, meu último pensamento antes de adormecer nos seus braços é que toda esta espera valeu a pena.

20

DAVI

Um tipo maravilhoso de torpor toma conta de mim enquanto observo Savanah se aconchegar nos meus braços e adormecer quase imediatamente. Tudo isso que acabou de acontecer estava há muito tempo ocupando meus sonhos mais loucos e impossíveis. Só que agora é realidade. Ainda é difícil acreditar, e a única coisa que me convence é o fato de que estou olhando para ela. E continuo olhando, por muito tempo, depois de me acomodar melhor e puxar o cobertor para nos cobrir.

Nada me fará sair daqui agora para entrar naquela barraca e correr o risco de a acordar. Pode cair o mundo bem em cima de nós, que ela ainda prenderá minha atenção. Começo a desembaraçar seu cabelo, apreciando a forma como ele é macio nas minhas mãos. Cometo a loucura de o cheirar, já que não há ninguém observando. O perfume de flores é delicado e puro; combina com ela.

Passando a mão pela sua nuca, sinto um ponto mais alto, uma cicatriz que mede quase dez centímetros. Levanto o cabelo para observar melhor e me deparo, tomado de surpresa, raiva e indignação, realmente com uma cicatriz ali. É alta e vermelha. Provavelmente é recente e não cicatrizou direito, ou os pontos não foram feitos com cuidado. Sinto-me mal por ela, por não a ter protegido. Claro que é um pensamento irracional, já que a conheci há pouco tempo e não poderia ter evitado o que quer que tenha acontecido.

Pensar nisso não é o suficiente para me acalmar. Na verdade, estou perigosamente perto de acordá-la, prestes a exigir que me diga quem foi o responsável por aquilo e sair imediatamente em busca do miserável.

Obviamente, resolvo não fazer isso, pois há um sério risco de ter sido apenas um acidente. Mas o pensamento sombrio de vingança não sai da minha mente. No fundo, sei que alguém fez aquilo de propósito. Também há uma grande chance de isso ser parte de todo o mistério que a envolve, e isso me deixa ainda mais intrigado.

21

~~LIVE~~ SAVANAH

Acordo no dia seguinte com o sol entrando pela lona da barraca. O calor também está quase insuportável, mas, ao perceber que a temperatura se deve ao fato de o corpo de Davi estar colado ao meu, braços e pernas me envolvendo enquanto ele ainda dorme um sono tranquilo e profundo, fico bem, embora derretendo.

Ainda estamos nus, e não me importo nem um pouco. Davi deve ter me trazido aqui para dentro em algum momento na noite passada. Dormi tão profundamente que não percebi o movimento. Sem pesadelos. Apenas sonhos bons, todos com Davi me amando, e eu o amando de volta, com todo o meu coração. Acho que foi a melhor noite da minha vida.

Quando se torna impossível sequer respirar neste calor, desvencilho-me dos seus braços e estou prestes a me levantar quando sinto sua mão pela minha coluna, um carinho bem-vindo, que causa arrepios.

Viro-me e o descubro olhando para mim. O cabelo bagunçado e os olhos um pouco inchados pelo sono só o deixam mais lindo, com uma carinha de menino. Fico com água na boca enquanto percorro todo o seu corpo com os olhos, apreciando-o integralmente.

Hoje, à luz do dia, me sinto um pouco insegura. Eu o quero de novo, mas estou sem coragem de tomar uma iniciativa. Ontem foi fácil, já que estávamos os dois com os nervos à flor da pele, empolgados e ávidos. Felizmente, ele parece ler meu pensamento, como sempre faz, e me puxa para cima do seu corpo. Não resisto. Deixo-me levar, sem restrições.

Com o desejo avassalador de ontem suprido, hoje me concentro nas partes do seu corpo que não consegui ver e tocar no escuro. Sem pressa, exploro cada pedacinho perfeito. Concentro-me e deleito-me em cada som que sai da sua boca, a forma como sua mão segura meu cabelo com delicadeza... Quando finalmente fazemos amor, dentro de uma barraca quente e com o sol batendo nas minhas costas, me sinto a pessoa mais sortuda do mundo.

●

É domingo, e finalmente deixamos a barraca. Já passa das três da tarde, e está na hora de deixarmos o nosso pequeno paraíso particular para trás e voltarmos à realidade. Uma nostalgia toma conta de mim quando penso em como será daqui para frente, em tudo o que me espera quando eu entrar novamente naquele celeiro.

Davi parece mais pensativo e um pouco preocupado, talvez ponderando as mesmas coisas que eu, esperando que eu lhe conte tudo o que prometi. Isso não me preocupa mais, pois há muito decidi que não posso esconder nada dele. *Ele merece saber,* e quero contar, de qualquer forma.

O que me preocupa é a sua reação ao que contarei. Sei que ele não ficará bravo pelo meu passado, e com certeza acreditará na minha total inocência. O que pode causar o maior estrago na nossa relação é o fato de eu ter mentido. Basicamente menti sobre tudo: meu nome, minha idade, meu passado, meus motivos para ter me mudado. A única coisa que não pude esconder foram os meus sentimentos por ele. Espero que isso baste.

•

Pegamos a estrada com o sol ainda forte no céu. Nenhum de nós deseja conversar. Não é, porém, um silêncio constrangedor. É confortável e natural. Acho que não queremos estragar ou banalizar tudo o que aconteceu com palavras.

Estamos quase chegando em casa; faltam uns vinte minutos, talvez. Para minha surpresa, avisto um carro preto que parece nos seguir. Depois de um momento, reparo que, na verdade, aquele carro está próximo de nós na estrada há muito tempo, apesar de não ter certeza desde onde.

Apreensiva, noto que a estrada, neste trecho, já está deserta. Com o coração disparado, olho para Davi, imaginando se ele reparou. Pelo jeito, sim, pois olha de um lado para o outro nos retrovisores, tentando entender a situação.

— Savanah — ele chama —, não quero te assustar, mas tem um carro nos seguindo.

Não sei se é um bom momento para despejar verdades em cima dele, mas decido que devo ser honesta.

— Sei que não é uma boa hora para confissões, mas tenho quase certeza de que as pessoas que estão naquele carro estão atrás de mim.

Ele me lança um olhar incrédulo e engulo em seco, tentando abafar meu crescente desespero.

— Por favor... Não me pergunte nada agora. Quando estivermos em segurança, juro que contarei, como prometi. Mas, neste momento, acho melhor você acelerar este carro e dar um jeito de despistá-los.

Observo o outro carro cada vez mais próximo, uma velocidade apavorante.

— Caso contrário, nossas vidas estarão em risco.

— Como assim, nossas vidas estão em risco? Do que está falando?

— Já disse, agora não é hora para esta discussão. Tem de confiar em mim. Aquelas pessoas são todo o motivo de eu ter vindo para cá, para começo de conversa. E eles não hesitarão em causar um acidente. *Corra!*

22

DAVI

A urgência na voz de Savanah é o que me faz pisar no acelerador, ganhando extrema velocidade em segundos, passando pelas árvores como um borrão. A estrada está vazia, *deserta,* e isso é bom, porque não corro o risco de causar um acidente; porém, ao mesmo tempo, é ruim, porque não temos ninguém para pedir ajuda.

Para piorar, a caminhonete não corre muito. O carro preto que nos persegue também não é lá aquelas coisas, mas é mais leve, ganha velocidade mais rápido.

Minha única chance é pegar alguma estrada secundária e torcer para despistá-los. Ao menos a altura da caminhonete ajudará a passar por lamaceiros e buracos. E, se tivermos sorte, eles podem ficar atolados no meio do mato.

Não é hora de fazer perguntas, sei disso, mas a minha cabeça está a mil — vários pensamentos, um mais louco do que o outro, deixando-me alucinado. As suspeitas que eu tive antes, de que Savanah está fugindo de alguém, acabam de se confirmar. Alguém está atrás dela, e é alguém perigoso, que não está para brincadeira.

Ao me virar para o banco do passageiro, vejo que Savanah olha para a frente, estática, segurando no apoio do banco com tanta força que os nós dos seus dedos estão brancos. Seus lábios estão crispados em uma linha fina. Ela não está olhando para mim, o que é um mau sinal. Não posso confirmar se ela está com medo ou com raiva, ou se apenas se sente culpada por nos colocar nesta situação.

Pela primeira vez desde que a conheci, uma pontada de raiva desabrocha em mim. Pois, se ela tivesse apenas me *falado* sobre possivelmente estar correndo perigo, ou sobre pessoas a perseguindo, eu teria dado um jeito de nos proteger melhor. Apanhado assim, de surpresa, é difícil encontrar uma saída.

Hoje, se sairmos desta ilesos, ela terá de me contar tudo, sem omitir detalhe algum. O que sinto no momento é um tipo estranho de traição, porque achei que ela confiava em mim. Pelo jeito, me enganei.

•

Depois de quase dez minutos em alta velocidade, consigo deixar o outro carro para trás, porém não muito. A caminhonete grita, o motor no máximo. Estou exigindo demais, e daqui a pouco ele não aguentará. Está na hora de mudar a jogada. Tentar algo mais arriscado, mas que talvez nos salve. É quando vejo uma pequena entrada ao lado da estrada. Uma entrada de terra, com árvores à margem de todo o caminho. É arriscado e perigoso, mas, se alguém tem chance de sair de lá, esse alguém sou eu. Afinal, sou um explorador. Já tive de me embrenhar em lugares muito piores.

Obviamente, nunca fui perseguido antes, o que potencializa o risco. Decido, no entanto, que é necessário.

— Segure firme — aviso —, e não entre em pânico.

Essas foram as primeiras palavras que eu disse para ela depois que o carro preto surgiu atrás de nós. Tais palavras pareceram arranhar minha garganta. Foram difíceis de se pronunciar. Savanah apenas olha para mim e assente firme com a cabeça, voltando em seguida seu olhar para a frente.

Uma virada brusca à direita, em alta velocidade, nos faz saltar no banco, as rodas levantando, mas rapidamente se estabilizando. O chão é tão esburacado que fazemos força para ficar no lugar. Trinco os dentes para conter um grito quando a estrada começa a afunilar, tomada por árvores gigantescas. Elas estão tão perto que os galhos e as folhas batem nos vidros com força, ameaçando quebrá-los.

Savanah também não grita. Ou está em choque, ou é durona. Creio que um pouco de cada. Sei que ela é forte, mas a nossa situação precária deixaria qualquer um em pânico.

Ouço o cantar de pneus quando o carro preto nos segue para dentro da estrada de terra batida. Tenho certa vantagem em distância. Mas a minha verdadeira carta na manga é saber que logo, logo a terra se transformará em lama. Sei também que os pneus baixos daquele carro emperrarão, mas a caminhonete passará. Torço para estar certo. É meu último lance.

Finalmente, noto que, a aproximadamente vinte metros de onde estamos, há um pequeno córrego, que vai direto para uma espécie de poça gigante de lama. É agora ou nunca. Tomo mais velocidade, pois será necessário passar direto. Se, por acaso, a caminhonete ficar atolada, nada nos tirará dali a tempo. Eles nos alcançarão, e sabe-se lá o que farão conosco.

Não perco tempo cogitando tudo o que pode dar errado. Concentro meus pensamentos em tudo o que preciso fazer e, o mais importante, no motivo de eu realmente *precisar* nos tirar daqui. Não estou mais com raiva. Quero ter tempo para que ela me explique, porque tenho certeza de que há bons motivos para ela ter guardado esse segredo gigantesco de mim.

Quando chegamos à borda da poça que será nossa salvação ou nossa ruína, sinto os dedos de Savanah se fecharem ao redor do meu pulso. Não hesito mais. Simplesmente acelero com tudo o que tenho.

Prendemos a respiração quando a caminhonete passa deslizando pelo terreno molhado e grudento, patinando por um segundo interminável antes de a tração funcionar e retomar o caminho, estabilizando o veículo. Conseguimos. Não me volto para verificar se o outro carro realmente ficou para trás. Mas Savanah se vira no banco e observa.

23

~~LIVE~~ SAVANAH

Viro-me no banco, curiosa demais por saber quais serão nossos destinos. Meus olhos ardem enquanto me recuso a piscar até ter certeza de que eles ficaram presos no atoleiro.

E eles ficaram. Antes de Davi fazer outra curva brusca, saindo de repente na estrada principal, vejo quando três homens saem do carro aos berros, enquanto um outro gira a chave na ignição e acelera o veículo, jogando lama para todo lado, fazendo o carro morrer uma vez após a outra. Antes de me virar para a frente, vislumbro um cabelo loiro arrumado através do vidro dianteiro. Martin estava dirigindo aquele carro. E com certeza não está feliz com o modo como o enganamos.

•

Agora que a adrenalina passou, sinto a tensão do momento trespassar meus ossos e chegar à minha pele como uma névoa pesada e densa. Estou nervosa. A palavra certa, aliás, é *temerosa.* Davi não olhou na minha direção nenhuma vez sequer. As palavras que desejo dizer estão travadas na minha garganta. Um nó impossível de desfazer.

Meu Deus! Ele merece mais do que posso oferecer, e com toda a certeza merece a verdade — e agora mais do nunca, já que o perigo o atinge diretamente.

Foi *tão, tão* errado da minha parte esconder isso dele que entenderei se ele nunca mais quiser me ver na vida. Entenderei, mas meu coração está despedaçado por não ter aproveitado o que ele oferece. Ele me ofereceu sua confiança, e eu a joguei pela janela.

Em poucos minutos, passamos pelo restaurante na estrada, vazio como sempre. Davi não para. Ele nem sequer diminui a velocidade enquanto ruma para o celeiro. Seu silêncio é pior do que se ele estivesse berrando e xingando, porque, ao menos, não estaria me ignorando por completo. E eu nem posso falar que não é minha culpa.

Quando ele estaciona o carro, nenhum de nós diz uma palavra. É ensurdecedor ficar aqui dentro com ele, neste espaço apertado, tanta coisa entre nós, apesar de estarmos tão perto.

— Davi... Eu...

— Não.

O tom seco dessa única palavra me paralisa no meio da frase. Ele continua:

— Lá dentro. Por enquanto, não diga nada.

Entramos no celeiro escuro. Não me dou ao trabalho de acender as luzes; apenas me guio pela claraboia, subindo as escadas e chegando ao espaço apertado que chamo de quarto. Davi me segue.

— Estou começando a entender algumas coisas, mas não quero me precipitar.

— Eu te devo uma explicação — respondo.

— Ah, com certeza deve. Achei que você tinha alguns segredos, mas isso? Sermos *perseguidos?* Você tem ideia do que poderia ter acontecido?

— Sinto muito.

— Eu também. Mas agora, em vez de pedir desculpas, por que você não me conta a história toda? Acha que agora pode *realmente confiar em mim, Savanah?*

É doloroso ouvir essas palavras saírem da sua boca. Como se eu o tivesse traído. De certa forma, é exatamente o que eu fiz. Sento-me no colchão e dou uma batidinha ao meu lado, para que ele se sente também. Fico tonta de alívio quando ele faz o que pedi, sentando-se próximo a mim, mas sem me tocar.

— Certo. Tem razão; eu te devo uma explicação, porque meti você nisto. Foi sem intenção. Deus sabe o quanto tentei te manter distante. Mas não importava o quanto eu falava para mim mesma que você não significava nada, meu coração insistia que você poderia significar tudo. E você significa. Vou contar tudo, desde o começo.

Ele apenas anui com a cabeça, mas segura minha mão apertado, parecendo entender que precisarei de força.

Respirando fundo, confesso:

— Para começar, meu nome não é Savanah.

Ouço vagamente quando um som de surpresa e incredulidade sai de Davi. Não paro para analisar sua reação, apenas continuo falando.

— Meu nome é Live...

•

Meu relacionamento com Martin não estava lá aquelas coisas. No começo, ele me tratava como uma rainha; agora, porém, fingia que eu não existia na maior parte do tempo. Íamos a inúmeras festas, sempre aparecendo juntos como um casal perfeito. Mas, quando estávamos sozinhos, o que era raro, não parecia um bom relacionamento. Parecia falso e forçado.

Eu já estava de saco cheio e pretendia terminar tudo. Não que eu achasse que ele se importaria muito de terminar o namoro, mas, de qualquer modo, estava apreensiva. Martin não era muito calmo ou tolerante. Não sabia perder. Com certeza haveria uma briga daquelas, mas sabia que ele superaria o término imediatamente. Ou quase imediatamente. Que seja, eu iria àquela última festa com ele, porque estava marcada havia um tempão, e não queria ouvir os boatos depois, que eu dei o pé na bunda dele e blá-blá-blá.

Depois da aula, fui para o quarto e tirei uma soneca; as aulas do dia tinham me deixado exausta. Acordei com alguém batendo à porta. Quase derrubando a porta, na verdade, de tão forte que eram as batidas. Antes de me levantar, olhei o relógio, e quase caí da cama quando vi as horas. Eram dez para as sete. A festa era às sete e meia. Ou seja, eu estava muito, muito atrasada, e Martin devia estar puto.

Levantei-me aos pulos e abri a porta, deixando quem quer que fosse entrar. Era ele, claro. Estava irritado e impaciente, reclamando do horário e dizendo alguma coisa sobre compromisso e responsabilidade. Na minha pressa, não ouvi muita coisa do que ele dizia, apenas corri para o banheiro, depois coloquei qualquer roupa e saímos.

Nosso relacionamento estava mesmo afundando, e eu estava impaciente, querendo acabar logo com aquilo. Mas logo chegamos à casa onde seria a festa. Era um pouco afastada da cidade, e percebi algumas fazendas enormes em volta. Alguns carros já estavam parados lá na frente, mas não eram muitos.

— Você me apressou tanto para chegarmos aqui antes de todo mundo? — bufei, extremamente irritada.

— Marquei um horário com os meus amigos. Não gosto de atrasar, sabe disso.

— E por que é que alguém marca horário para chegar a uma festa?

— Porque sim, Live. Não devo explicações a você.

Fiquei surpresa com seu tom de voz. Apesar da certa indiferença com que ele vinha me tratando, nunca fora grosso. Mais um motivo para terminarmos.

Ele devia ter percebido a minha cara, pois tentou segurar meu rosto e o virar para si. Fui mais rápida e abri a porta, saindo sem uma palavra. Ele não teria tempo para se desculpar.

As poucas pessoas que estavam na festa olharam para nós com entusiasmo quando chegamos, o que não entendi muito bem. Mas eu não estava com saco para reparar em qualquer outra coisa. Afundei-me no sofá, à frente da TV, e bebi uma lata de refrigerante enquanto Martin sumia nos fundos da casa.

Depois de quase uma hora na mesma posição, as pessoas já estavam lotando a sala de estar, gritando e xingando alto. Queria ir embora. Parti à procura de Martin, esperando que ele tivesse o bom senso de me levar, ou me emprestar o carro e ir de carona com alguém. O término ficaria para outro dia. Agora, eu só queria dormir.

Em cada cômodo em que eu entrava para procurá-lo, via alguém cheirando cocaína ou fumando maconha. Aquilo só serviu para aumentar minha vontade de sair dali o mais rápido possível. Podem me chamar do que quiserem, mas eu tinha pavor de qualquer tipo de droga.

O que me pegou de surpresa, fazendo meus joelhos tremerem, foi ver Martin, em uma roda de amigos, distribuindo pacotinhos de pó branco. Ele tinha um bolo de dinheiro em uma mão e não parecia nem um pouco constrangido por estar fazendo aquilo. Eu, por outro lado, estava tão horrorizada que pensei que fosse desmaiar a qualquer minuto.

Estava traficando? Revendendo? Tinha alguma diferença? Eu não conhecia nada sobre drogas, mas sabia que era um crime pesado vendê-las, além de absolutamente repreensível em termos morais. Não deixei que ele me visse, pois eu estava tão nervosa que poderia fazer alguma besteira. Minha vontade era chamar a polícia, porém alguma intuição maluca me deteve.

Afinal, eu também estava na festa, além de ser sua namorada havia seis meses. Como eu nunca tinha percebido? Eu devia ter visto alguns sinais ao longo do tempo, mas acho que estava tão focada em outras coisas que não prestei realmente atenção.

O que eu deveria fazer agora era o que eu me perguntava. Não havia condição nenhuma de continuarmos juntos. Na verdade, eu não queria mais falar com ele.

Fui para a sala, onde minha bolsa havia ficado. Estava decidida a ir embora, pegar uma carona, um ônibus, um táxi, qualquer coisa.

Antes disso, porém, comecei a procurar meu celular na bolsa. Foi quando vi, escondidos no bolso interno, alguns pacotes de droga. Na porcaria da minha bolsa. Como se não bastasse estar namorando um traficante, ele ainda estava me usando para vender drogas?

A ideia de ir embora de fininho evaporou como névoa. Antes, eu tiraria aquela história a limpo. Voltei para os fundos da casa, mas Martin não estava mais lá. Fui dando a volta no terreno, procurando por ele. Não demorei muito para achá-lo. Ele estava com um cigarro de maconha entre os lábios.

— Então quer dizer que você é um traficante de merda? — perguntei.

Seus olhos estavam injetados e sombrios. Não focavam em nada em particular, mas eu sabia que ele tinha me ouvido falar. No entanto, deu um sorrisinho de escárnio, como se dissesse: "você é tão burra que só foi perceber agora?".

— Ah, mas não bastava você estar vendendo drogas — prossegui —, você tinha de colocar algumas na minha bolsa? O que você tem na cabeça?

Ele continuou sentado, tranquilo, olhando na minha direção. Meu sangue começou a ferver. Como podia me ignorar depois disso? Achei que tinha significado algo para ele, já que ele significara para mim.

Comecei a pensar se eu não estava servindo como uma distração perfeita, sempre ao seu lado, fazendo o papel de namorada do ano, enquanto ele executava seu trabalho sujo pelas minhas costas. Foi exatamente isso o que eu disse para ele:

— Você estava só me usando como um tipo de desculpa para isso?

— Não, eu amo você.

Sua voz melosa e enrolada me deu nojo. Ouvir aquilo dele, naquele momento, me fazia estremecer, porque eu tinha certeza de que era mentira.

— Ah, você me ama? E eu posso saber como colocar drogar na bolsa da sua namorada sem que ela saiba pode ser considerado amor?

Naquele momento, eu já estava gritando, enlouquecida. Aquilo era surreal, uma coisa que nunca pensara que fosse acontecer comigo. Eu me achava muito esperta para ser enganada daquela forma.

Martin não permaneceu alheio às minhas palavras. Elas o atingiram em cheio. Ele se levantou, pegou a bolsa da minha mão e a jogou longe. Isso me deu medo, porque ele parecia totalmente alterado. Quase louco.

— Eu não coloquei isso aí. Eu não sei que merda você está falando, mas você não pode provar nada. Aliás, a quem você pretende contar sobre isso?

— Eu... eu...

Perdi a fala, porque ele estava certo. Ninguém acreditaria em mim. As drogas estavam na minha bolsa, não com ele. E seus amigos nunca o denunciariam. Provavelmente eu seria presa no seu lugar. Mas eu estava brava, e quis colocar um pouco de medo nele.

— Posso chamar a polícia. Duvido de que você conseguirá comprar o silêncio dos seus amiguinhos se eles forem pressionados a falar.

Seu olhar na minha direção poderia ter perfurado meu crânio, de tão intenso.

— Você não faria isso — ele respondeu.

Foi uma ameaça. Nítida, clara, como eu nunca tinha ouvido antes. Seu sussurro só serviu para fazer os pelos da minha nuca arrepiarem em alerta máximo. Olhei para os lados, involuntariamente, procurando uma fuga. Mas tudo estava distante demais, e eu estava sem carro.

Decidi fingir não sentir nada. E continuei falando:

— Você quer apostar que eu faria?

E eu faria. Ligaria para a polícia e testemunharia contra ele. Faria o possível para que ele fosse preso. Porque, apesar de ter tido sentimentos por Martin, aquela pessoa era um desconhecido para mim. Eu não sabia nada sobre seu eu verdadeiro, e aquilo já estava me assustando.

Quase não notei quando, com um puxão, Martin me derrubou. Senti as pedras do chão ralarem meu rosto e meus braços, que agora ardiam. Meu couro cabeludo protestou quando meu cabelo foi puxado. E tudo escureceu ao meu redor.

Pisquei lentamente, os olhos grudados se esforçando para abrir. Eu não tinha ideia de onde estava, mas a escuridão e o cheiro de mofo no ar me diziam que não era a casa de ninguém.

Quando finalmente consegui olhar, comecei a tremer violentamente. Era um galpão vazio, uma única luz pendurada no teto. Um grupo de homens conversavam baixo num canto. Reconheci Martin no meio deles. Eu não entendia o que estava acontecendo ali, mas sabia que eu estava muito encrencada.

Tentei me mexer e minhas mãos não funcionavam. Estavam amarradas. Nunca senti tanto medo na vida. Nem quando meu pai morreu, nem quando minha mãe nos afundou em dívidas por causa da bebida. Aquilo era outro nível de desespero.

Devo ter feito barulho, porque o grupo se virou para mim. Martin caminhava atrás, os lábios apertados, a postura oscilante, como se estivesse bêbado ou chapado. Provavelmente os dois. Os outros dois homens que o acompanhavam não estavam melhores.

— Oi, boneca — falou um deles. A repulsa que senti me deixou tonta.

Ignorei-o e olhei para Martin, tentando, com o olhar, fazê-lo enxergar a loucura daquilo tudo. Mas ele não olhou para mim.

Eles voltaram a me ignorar e passaram a discutir baixinho. Mas estavam alterados, e pude ouvir partes da conversa.

— Você tem de se livrar dela.

— Ela sabe demais.

— Se o chefe descobrir, vai matar ela e a gente.

— Ela ameaçou chamar a polícia.

— Eu não acho que ela estava falando sério.

— Se ela sair daqui, vai acabar com o nosso negócio.

Essas frases perdidas me diziam tudo o que eu precisava saber. Eu estava morta. Eles iriam me matar, de uma forma ou de outra. Martin me mataria.

— Deixem que eu faço isso.

A voz de Martin flutuou através do ar. Uma ameaça e uma promessa, que logo seriam cumpridas.

Ele se aproximou. Nenhum traço do garoto que um dia pensara amar. Seu rosto era frio e deliberado. Desviei os olhos. Meus braços e minhas mãos tinham pequenos cortes, profundos, provavelmente por ter sido arrastada. Encarei aqueles cortes. Eu não olharia enquanto ele me matava. Eu não deixaria que ele visse meu medo.

— Saiam daqui! Deixem que faço isso — falou Martin.

— Tudo bem — respondeu um dos caras. — Mas se livre do corpo depois.

Martin não respondeu, apenas continuou me encarando. "Será que eu tenho uma chance de correr?", pensei, cautelosa, olhando para os lados. Uma lâmina afiada brilhou na mão dele, e eu congelei. Eu não tinha chance, mas, se eu iria morrer, preferia que fosse lutando.

Não pensei quando me levantei, as mãos penduradas atrás de mim, inúteis. Não consegui correr vinte metros, quando, depois de um breve zumbido no ar, uma dor lancinante me jogou ao chão. Senti o sangue escorrendo, deixando-me fraca.

Também ouvi nitidamente uma risada, e a última frase antes de apagar:

— Foi fácil demais acabar com ela — ele gritou para os amigos que esperavam do lado de fora.

Martin foi descuidado demais, mas ele não imaginava que eu não estava morta. Eu não imaginava que poderia sobreviver àquilo. Mas, pelo jeito, o corte foi de raspão e, apesar de ter causado um bom estrago, não foi o suficiente para me matar.

Arrastei-me pelo chão até a porta, e mais além, saindo na estrada, cambaleante e confusa. Aos tropeços, peguei uma carona. Meu estado deve ter alertado o motorista para a urgência da situação. Ou estava muito assustado para perguntar, ou simplesmente não se importava. Foi assim que cheguei até a minha mãe.

●

Quando termino a história, *a história da minha quase morte,* Davi está paralisado e pálido. Não vi esse medo e essa raiva nele em nenhuma outra ocasião.

Eu, ao contrário, estou estranhamente calma. Um peso foi tirado das minhas costas, deixando-me mais leve. Sinto-me um pouco vazia também, como se tudo o que acabei de desabafar tivesse literalmente me esvaziado, minhas forças levadas para longe de mim. É bom, e ao mesmo tempo não é. Estou exposta e vulnerável. Mas Davi não pode me acusar mais de não confiar nele. Contei, com os detalhes sangrentos e todo o resto.

Ainda assim, depois de uma história e tanto, tenho fôlego para terminar.

— E agora, como vimos, ele está atrás de mim. Aquele dia no celeiro, pensei tê-lo visto. Por isso fiquei naquele estado. Ele tinha me localizado, mas não sei se me viu de fato, ou se ainda estava me procurando entre as pessoas.

— Meu Deus, Savanah... Quero dizer, Live — e me lança um olhar incrédulo enquanto fala —, você está sendo perseguida pelo seu ex-namorado traficante de drogas que tentou matá-la!

— Tem mais — acrescento, apreensiva e ansiosa para terminar logo com isto. — Eu quis ir até a biblioteca, pesquisar, para ver se eu estava segura para voltar para casa, ou, ao menos, para parar de fingir ser outra pessoa. Mas o que descobri é que, quando acharam minha bolsa no galpão abandonado, ela estava cheia de drogas e dinheiro, o que fez de mim uma suspeita de tráfico. De *tráfico*, Davi. Consegue imaginar uma coisa dessas?

— O quê? Mas você é uma vítima.

— Só que fugi. Não fui à polícia, não denunciei ninguém. Fui covarde e fugi. Achei que estaria segura, que nunca mais precisaria pensar naquele dia. Mas ele me achou, e eu... Eu só estou *apavorada*.

— Tem alguma forma de provar sua inocência? — pergunta, esperançoso.

— Talvez — respondo, cautelosa.

— O que isso quer dizer?

— Minha mãe vai me mandar um pen drive com várias fotos que tirei no dia em que tudo isso aconteceu. Não é uma evidência contra Martin, mas prova minha inocência. Afinal, por que alguém tentaria me matar se não para encobrir alguma coisa?

— Sua mãe? Onde ela está?

Ele parece genuinamente preocupado, o que é fofo, apesar de toda esta situação horrível. Consigo abrir um pequeno sorriso cansado, mas verdadeiro.

— Ela está bem — respondo. — Essa é outra longa história, para outro dia.

— O que mais você está escondendo?

— Não estou escondendo mais nada, só que isso não importa no momento.

Ele permanece olhando para mim, desconfiado, então continuo:

— Eu juro que a história da minha mãe não é, nem de longe, tão ruim quanto essa que você acabou de ouvir.

— Isso não me deixa mais tranquilo. Eu nunca ouvi algo sequer parecido com isso em toda a minha vida.

Sinto o cansaço tomando conta de mim. Estava tensa com a fuga mais cedo, mas, agora, meu corpo parece gelo derretendo numa manhã ensolarada de inverno. Alívio e esperança começam a se enraizar em mim quando Davi se coloca diante de mim e estende a mão, me convidando a levantar.

Sem saber o que fazer, aceito. Fico de pé à sua frente, apenas a observá-lo, enquanto ele, delicadamente, puxa minha camiseta pela cabeça, depois desabotoa minha calça. Após tirá-la, pega a escova e penteia com calma meus cabelos, fazendo-me suspirar de prazer. Quando acaba, simplesmente se deita no colchão, me puxando junto. Aninho-me no seu abraço, grata por ter alguém para me apoiar.

— Você não vai embora — afirmo, meio que perguntando, meio que constatando, enquanto torço para que essas palavras sejam uma verdade.

— Nunca — ele responde, baixinho, me dando um beijo demorado que demonstra tudo: devoção, carinho, confiança, cumplicidade... e amor.

•

Acordo no dia seguinte como se tivesse passado a noite sendo pisoteada por cavalos. Como é possível que tantas emoções possam se misturar em um período tão curto de tempo? Primeiro, a surpresa ao descobrir tantas coisas sobre Martin, e sobre mim também. Depois, viver um tipo de sonho, fazendo amor com Davi sob as estrelas. Em seguida, escapar por pouco de uma perseguição. E, por último, mas talvez a parte mais importante, ter me aberto sem reservas, ter contado todos os segredos, ter confiado em Davi, de corpo e alma. E ter me apaixonado mais ainda, quando ele continuou me apoiando, apesar de tudo. Ele ainda está aqui; sua mão em minha barriga é um lembrete constante de que ele permanecerá comigo.

Estou mudando, porque, apesar de ter a leve impressão de saber que *ele* é bom demais para ser verdade, permito-me ter esperança — este sentimento de merecimento que eu não tinha há muito tempo. Junto a este sentimento, também há outro tão forte quanto: preciso mostrar para Davi que correspondo a ele. Pois ele merece mais do que eu tenho para dar, mas espero compensar de alguma forma. Quero ser melhor por ele.

Olhando por cima do ombro, a face serena por causa do sono, as sobrancelhas arqueadas, ele parece um anjo. Não resisto ao impulso de passar os dedos suavemente por seu cabelo bagunçado. Ele acorda um pouco assustado.

— Você está bem? — pergunta. — Aconteceu alguma coisa?

— Estou bem. Desculpe-me por ter assustado você. Eu só estava observando.

Tenho certeza de que estou enrubescida, mas não há nada que eu possa fazer.

— Tudo bem, Live.

Ouvi-lo chamar-me por meu verdadeiro nome é reconfortante. Parece certo nos seus lábios. Sorrio um pouco, antes de o sorriso morrer nos meus lábios enquanto pensamentos sombrios me assombram. Ainda tenho um problema gigante com que lidar, e, apesar de Davi estar comigo, me mantendo forte, não posso ficar parada, esperando o momento em que serei encontrada.

Parecendo ler meus pensamentos, como sempre, Davi diz:

— Eu adoraria passar o dia todo aqui com você, mas temos assuntos sérios para resolver.

— Eu sei.

Começo a me levantar.

— Primeiro — prossigo —, vou tomar um banho. Se quiser ir depois, não tem problema. Em seguida, tenho de colocar a mão na massa. Não posso ficar aqui parada enquanto as fotos não chegam.

— Resolveremos isso juntos.

Davi, então, se aproxima de mim. Fico rígida quando, sem cerimônia, ele se posiciona atrás de mim, afasta meu cabelo das costas, coloca-o por cima do meu ombro e beija meu pescoço.

Bem na cicatriz enorme e saliente que há ali. Fecho os olhos com força, não querendo testemunhar esta cena. É demais. Íntima demais, mesmo depois de tudo o que compartilhamos.

— Isso não é nada, Live — ele afirma. — Faz parte de você e mostra como é forte. Acredite quando digo que isso só me faz te amar ainda mais.

É a coisa mais linda que alguém já me disse. Amar as partes feias e incompletas é amar verdadeiramente. É isso que Davi está me dizendo. Que aceita as partes boas e as partes ruins. Não está querendo me consertar; está me completando.

•

O dia está ironicamente lindo: ensolarado, vivo. O sol nos sorri como se tudo fosse perfeito, como se não estivéssemos vivendo um pesadelo. Também é irônico que, no meio deste desastre, eu tenha encontrado Davi. Ele é a minha chama de esperança. Porque me faz desejar mais, me faz não desistir no meio do caos.

Só que é triste ver tudo isso ser encoberto pelo medo. Não tenho como fingir que nada está acontecendo, porque estamos bem no meio do turbilhão. Na verdade, somos o ponto central de tudo. Eu sou, e Davi não vai sair do meu lado. Agora, tenho certeza disso. É egoísta e perigoso, mas permitirei que ele fique comigo. Depois do fim de semana que tivemos, será impossível mantê-lo afastado. Primeiro, porque ele já está totalmente envolvido. Segundo, porque, sinceramente, *eu não quero.*

Não sei muito bem o que farei a partir deste dia. Não tenho nenhum plano traçado, mas, pelo menos, a expectativa é boa. As fotos com certeza me salvarão de uma prisão. Mas elas não serão suficientes para manter Martin afastado. Eu não sei nem se a polícia será capaz de prendê-lo. Não duvido de nada neste momento. Se ele é tão perigoso como penso que é, então tudo é possível.

Quando entramos na caminhonete, Davi afirma:

— Você deveria ficar na minha casa a partir de hoje. Por um tempo.

Meus olhos se arregalam. De jeito nenhum eu pensei que ele me ofereceria uma coisa assim. Percebendo minha reação, continua, rapidamente:

— Não fique assustada, Live. Estou preocupado. De verdade. Nunca passei por uma coisa assim.

— Imagino. Também estou preocupada, mas você não precisa fazer isso, Davi. Na verdade, seria mais perigoso para você se eu ficasse na sua casa.

— Não seria mais perigoso do que já é. Sabe que não te deixarei sozinha, apesar de não ter ideia de como poderia te proteger no caso de as coisas piorarem. Se não vier, serei obrigado a ficar no celeiro contigo. Isso não seria muito confortável.

É incrível como Davi consegue ser convincente. Estou inclinada a recusar a oferta pelo simples fato de que não é certo o expor a tanto perigo. Mas sei que ele está falando sério quando diz que ficará comigo no celeiro, se for a única opção.

Mas em uma coisa ele está errado. As coisas podem, sim, ficar piores. Foi relativamente simples os despistar da última vez porque tínhamos vantagem. Davi conhecia o lugar, além de ter uma caminhonete. Mas aquilo, aquele erro, não vai se repetir. Na próxima vez em que eles atacarem, será com planejamento. Não haverá escapatória. Algo dentro de mim sabe disso. Pode ser apenas intuição, mas está mais para um conhecimento enredado em mim.

Obviamente, não quero expor meus medos para Davi. É demais jogar outra coisa em cima dele, mas conheço Martin de um jeito que Davi não tem noção. Ele é traiçoeiro, manipulador e maldoso. Mas também é inteligente o bastante para ter aprendido a lição da primeira vez. E ele não cometerá outro erro.

— Tudo bem — concordo. — Podemos vir aqui depois do trabalho pegar minha mochila?

— Claro — ele responde, parecendo satisfeito por eu não ter insistido em ficar sozinha. Apesar de tudo, estou feliz por ele ter feito a proposta.

24

DAVI

DEPOIS DE DEIXAR *SAVANAH* NA LANCHONETE, FUI PARA O TRABALHO. Estamos trabalhando em uma pequena exploração ali perto, a barraca já montada quando eu chego. A movimentação é grande, meus colegas entrando e saindo com ferramentas.

— Então finalmente você resolveu colocar a mão na massa e aparecer.

É Léo, meu professor, quem diz isso. Mesmo não querendo, fico envergonhado. Eu realmente não estou dando muita atenção para o projeto. Definitivamente, há outra coisa mais importante ocupando todos os meus pensamentos. Agora, então, depois de tudo o que se desenrolou no fim de semana, será difícil concentrar minha mente no trabalho.

— Tive que resolver algumas coisas — respondo. — Era importante.

— Espero que tenha sido mesmo. Porque você foi escolhido para fazer parte disto exatamente por sua responsabilidade e sua determinação. Se não me engano, trabalhou duro para que este projeto fosse levado a sério.

— Eu sei, e realmente sinto muito por não estar dando toda a atenção necessária. Acontece que era um assunto que precisava ser tratado imediatamente.

Talvez seja errado, mas, neste momento, escavar e explorar estão no fim da minha lista de prioridades.

— Espero que esteja tudo bem. E que tudo tenha sido resolvido, para que você possa se concentrar no seu trabalho.

Sinto uma ameaça implícita nessas palavras. Tem muito em jogo aqui. Todo o trabalho árduo, além da reputação dos envolvidos, pode ir por água abaixo se eu não me dedicar o bastante.

— Não exatamente — afirmo —, mas não se preocupe. Prometo que manterei a mente focada enquanto estiver aqui.

Apenas um aceno de cabeça é a resposta que recebo. Isso significa que ele não acredita totalmente em mim, apesar de estar me dando um voto de confiança. Infelizmente, ele está certo ao pensar que talvez eu não me dedique o suficiente. Tudo mudou de rumo tão rapidamente e de forma tão permanente que nem percebi.

Não aconteceu calmamente, dando-me tempo para entender e me preparar para a mudança. Chegou feito um furacão, pegando-me de surpresa e me arrebatando. Trouxe ventania e tempestades, sacudiu meu mundo e me virou de ponta-cabeça. Mesmo assim, eu nunca reclamaria. Live trouxe a tempestade, mas também trouxe o sol. Cada vez que ela sorri, tudo se ilumina, mostrando-me tudo o que eu estava perdendo antes de conhecê-la.

•

O trabalho realmente me manteve ocupado o dia todo, e, quando chega a hora de buscar Live na lanchonete, estou exausto, coberto de poeira amarela da cabeça aos pés. Como não quero que ela mude de ideia, vou correndo buscá-la, sem dar tempo para arrependimentos. Não entro no celeiro com ela. Apenas fico esperando no carro, e logo ela volta com uma mochila nas costas.

A julgar por sua postura, um tanto rígida e hesitante, percebo que ela não está totalmente à vontade para ir comigo. O motivo é desconhecido para mim, então resolvo perguntar:

— Você não está feliz com isso? Quero dizer, eu sei que foi em cima da hora. E talvez rápido demais, mas a situação pede soluções extremas.

É claro que estou nervoso. Não porque Live ficará na minha casa por um tempo. Quanto a isso, estou feliz. Passar mais tempo com ela será perfeito. O meu nervosismo é porque espero que ela veja a lógica na minha proposta. Não quero que ela pense estar sendo obrigada a ir comigo ou algo assim.

Mas estou sendo sincero quando digo que é mais seguro ficar comigo. Ela já me contou que, no dia da festa, viu Martin aqui. *Bem aqui onde ela vive.* Será fácil demais para ele descobrir que Live vive no celeiro — isso se ele já não sabe. E, apesar de eu realmente estar falando sério quando afirmo que ficarei aqui com ela se ela decidir não ir comigo, nós pouparemos trabalho e preocupação desnecessária se estivermos mais afastados. Num lugar onde ninguém pensará em procurar.

Ela me olha como se não tivesse entendido bem a minha pergunta.

— Davi, acho que não entendeu. Não estou receosa de ficar com você na sua casa. Estou preocupada com colocar você tão profundamente no meio disso tudo, a ponto de se tornar impossível sair.

— Não quero sair, Live.

— Quando a coisa ficar feia, desejará ter me escutado. Não pense que é o pior que ele pode fazer, Davi. Isso não foi nada, e Martin não é burro.

— Estou te escutando, mas já me decidi. Estamos juntos nessa. Já estou envolvido, e nunca deixarei você sozinha para enfrentar qualquer coisa que seja. Ele não é burro, mas também não somos.

— Eu o conheço. Você, não. Sei do que ele é capaz.

— Está sendo injusta.

— Só não quero que nada aconteça a você.

A tristeza nos seus olhos me faz entender. Ela parou de lutar contra nós, mas ainda é difícil se entregar, dividir os problemas.

— Nada vai acontecer comigo — garanto. — Assim como nada vai acontecer com você.

Apesar de me olhar com incredulidade, ela aceita minha resposta.

25

LIVE

A CASA DE DAVI FICA NA CIDADE, MAS UM POUCO AFASTADA. *CASA* NÃO é um termo muito adequado. Ele mora em um quarto com banheiro. Uma cama de casal, uma mesa e uma cômoda são os únicos móveis que existem aqui. Tudo é organizado e limpo, mas muito simples.

— Não é lá aquelas coisas — comenta —, mas era o único lugar disponível para alugarmos. Você sabe que esta cidade não é muito turística.

— É ótimo — respondo.

E é mesmo. Fico surpresa por ele ter achado um local que alugasse quartos. Não faz sentido ter um negócio como este aqui, onde visitantes são raros, mas nunca se sabe. Sempre há alguém querendo visitar um parente distante. Há louco para tudo.

— Não é ótimo — ele rebate. — Tenho um lugar para dormir. Só isso. Mas não preciso de mais, mesmo. A maior parte do meu tempo eu passo na barraca ou debaixo do sol, então não faz diferença.

— Seus amigos e seu professor também alugaram quartos aqui?

— Sim. Como eu disse, não tivemos muita opção. Mas se você tem receio de ser vista por eles comigo, não se preocupe. Nós estamos em andares diferentes.

— Sério? Mas este lugar não parece ter muitos quartos disponíveis.

Davi dá uma risada enquanto se recosta na porta, relaxando e me observando.

— Meus colegas dividem um quarto no primeiro andar. Meu professor está no fim do corredor. Felizmente, fiquei com o quarto só para mim.

— Isso é bom.

Sinto-me leve e um pouco aérea. Estar neste espaço pequeno com ele, sozinha, olhando para a cama bem no meio, deixa-me nervosa. É um pouco vergonhoso estar parada aqui, sem saber onde ficar, olhando para os meus pés e imaginando o que fazer em seguida. Não quero atrapalhar, e será impossível não ocupar seu espaço, já que não tenho muito aonde ir, nenhum lugar onde me esconder.

Ao mesmo tempo, sinto que ele não faz isso por obrigação ou algum senso de responsabilidade que acha ter comigo. Ele o faz porque se importa. E eu estou realmente cansada de não ser importante para ninguém, ou de me esconder e me rebaixar para proteger os outros. Pois, afinal, quem está *me protegendo?*

Comecei a tomar as rédeas da minha vida quando decidi seguir em frente, enfrentar meus problemas, não me importando com as consequências. Afinal, de que adianta uma vida segura, mas sem amor, carinho ou companhia? Eu seria solitária para sempre, escondida e com medo; veria meu futuro se esvair pelos meus dedos e as pessoas importantes se afastarem e sumirem.

Isso não é realmente viver, então eu tenho de mudar. Mesmo que seja necessário arriscar, vale a pena. Todos os dias, Davi me mostra pelo que estou lutando.

— Pode tomar banho primeiro — diz.

Não sei se estou certa, mas ele pareceu um pouco tímido ao falar isso. Não entendo direito. Talvez ele ache que eu tenha me arrependido ou algo assim. Ou talvez ache que este momento pelo qual estou passando é muito delicado para pensar em certas coisas.

Qualquer que seja seu pensamento no momento, está errado. Eu o quero mais do que nunca. Ele está me conquistando a cada dia, com cada atitude.

— Na verdade — respondo, levantando-me e aproximando-me dele, que ainda está parado perto da porta —, o que você acha de tomarmos banho juntos?

Não estou brincando. Não estou tentando ser engraçada para aliviar o clima. Não é nenhum tipo de teste de caráter. Estou sendo sincera, torcendo para que ele aceite minha proposta.

Quando me aproximo o bastante, estendo os braços para desabotoar sua camisa. A cada botão que solto, sua respiração fica mais rápida e pesada. Ele não faz nenhum movimento para me impedir, o que é um alívio. Também não tenta me apressar enquanto meus dedos tremem de excitação e nervosismo. Davi talvez pense que, se mexer um músculo sequer, desistirei, por isso está imóvel como uma estátua.

Depois que termino com os botões, não resisto ao impulso de correr meus dedos por seu peito e seus ombros. Minhas mãos se demoram ali, adorando a sensação dos seus músculos sob as palmas. Estou fascinada, e só continuo tirando sua camisa, descendo as mangas pelos ombros, quando um protesto rouco passa por sua garganta, um pedido para que eu prossiga.

Fico um pouco vermelha quando a camisa cai aos nossos pés, sentindo-me imatura e inexperiente. Não sei bem o que fazer. Meu coração está disparado no peito e estou paralisada. É vergonhoso. A mão de Davi toca meu rosto com carinho e levanta meu queixo, até que nossos olhos se encontram. Seus olhos exibem profundidade, um tipo de intensidade diferente, cheios de expectativa.

— Acho uma boa ideia tomarmos banho juntos — ele finalmente diz.

Sua voz está rouca, mas forte, e me dá aquela segurança que estava faltando. Quando estou prestes a tirar o vestido, Davi me impede.

— Eu faço isso — afirma, determinado.

Segura a barra do vestido e fecho os olhos, um pouco insegura de tudo o que estou deixando exposto neste momento. Não que ele não tenha visto antes, mas, desta vez, eu tomei a atitude. Sinto-me corajosa, mas não totalmente. Um pingo de nervosismo ainda espreita à minha volta, querendo me encurralar. Afasto esse pensamento e me concentro nas suas mãos tocando delicadamente as partes do meu corpo enquanto o vestido é levantado. É suave, mas, mesmo assim, sinto a eletricidade percorrendo cada ponto, lançando chamas invisíveis em mim.

Abro os olhos apenas quando um sopro gelado toca meu corpo quente. Davi está me observando de cima a baixo. Ele está tão fascinado comigo como eu estou com ele. Isso me faz relaxar. É *Davi*. Ninguém mais me olhará dessa forma nem me tratará com tanto carinho. Não me decepcionará. Também não pretendo decepcioná-lo.

— Nunca me cansarei de olhar para você, Live.

— Nem eu para você.

Afasto-me um passo, decidida. Davi continua me olhando, um pouco confuso e curioso. Quer se aproximar, assim como eu. Mas, antes, ainda temos muita roupa entre nós.

Levo as mãos às costas, desta vez com os olhos bem abertos. Desejo ver sua reação. O modo como seus olhos escurecem quando ele está excitado, suas pupilas aumentando de tamanho, enquanto a respiração quase para... Se eu prestasse atenção, poderia quase ouvir seu coração batendo no peito, forte. Ele está rígido; vejo seus ombros tensos, tentando se controlar.

Solto o sutiã, deixando-o cair na minha frente, junto com a sua camisa, já esquecida ali também. Quando dou por mim, Davi me pega no colo, enlaçando minhas pernas na sua cintura, apertando-me com força contra seu corpo. Gemo de excitação e um pouco de surpresa. Depois de tudo pelo que passamos num período tão curto, precisamos extravasar. Os sentimentos estão à flor da pele, saindo pelos poros e se espalhando à nossa volta, como uma fumaça densa. Dá para sentir a tensão, que se transforma rapidamente em paixão desenfreada. Um desejo primitivo e puro.

Nenhum dos dois quer ir devagar. Não queremos pausas ou preliminares desta vez. Não estou mais nervosa. Só quero tirar o resto das nossas roupas. Rasgá-las imediatamente.

Davi continua andando até o banheiro, de costas. Não se dá ao trabalho de virar ou parar de me beijar. Com as luzes acesas, tateia a parede até encontrar a torneira do chuveiro, que abre imediatamente, a água quente formando vapor e nos envolvendo.

Davi me coloca no chão apenas para tirar a calça. Eu reajo também, arrancando a calcinha de qualquer jeito, a única peça que ainda uso. Talvez pareça um pouco desesperada, e estou mesmo. Ele não parece se importar. Passam-se apenas alguns segundos antes que Davi me levante novamente, entrando embaixo d'água. A água quente nos molha imediatamente, nossos corpos escorregadios, colados um no outro, arrancando gemidos abafados dos dois, que ecoam no banheiro pequeno e fechado.

Os azulejos frios nas minhas costas são meu único aviso antes de Davi me penetrar profundamente, satisfazendo a nós dois. Seus movimentos são frenéticos, mas firmes, exatamente o que eu estava esperando. Exatamente do que *necessito*.

Nossas respirações se misturam ao vapor da água quente, o barulho ecoando e parecendo muito alto em meus ouvidos. Quando nós dois estamos gritando de prazer, me agarro em Davi, meus braços envolvendo seu pescoço com força. Ele também se agarra em mim e escorrega até o chão. Nossas testas estão coladas, e tentamos controlar a respiração difícil. A água cai ao nosso redor, mas nem percebemos.

Sinto o vazio imediatamente quando Davi se afasta. Mas ele logo volta com um frasco de xampu na mão. Não escondo meu sorriso.

— É a segunda vez que você me dá banho — afirmo. — Vou acabar me acostumando.

— Ótimo. Ficarei feliz em tomar banho com você... Para sempre.

Meu coração dispara ao ouvir essas palavras. Não é bem uma promessa, mas quase. Uma promessa de um futuro que anseio para viver com ele.

Depois do banho, Davi pega uma toalha, enrolando-a na cintura, depois me enrola em outra, como um bebê. Adoro a sensação de ser cuidada por ele. Pegando minha mão, leva-me para a cama, só tirando a toalha depois que estou acomodada e envolvida por um cobertor grosso e macio. Depois, deita-se ao meu lado.

Estamos os dois relaxados e felizes, deitados de lado, olhando um para o outro. Memorizo cada detalhe do seu rosto, os pontinhos dourados dos seus olhos brilhando no escuro, feito vaga-lumes. Pontos de luz em uma escuridão infinita. Por causa dele e de todos esses momentos que estamos vivendo, começo a pensar que serei capaz de esquecer o passado e construir novas lembranças, essas boas o suficiente para apagar as ruins. É no que penso enquanto meus olhos se fecham lentamente e adormeço, quase esquecendo que um dia os pesadelos não me deixavam em paz.

•

Foi fácil estabelecer uma rotina com Davi. Mudei de turno novamente: agora trabalho de manhã. Ele me dá carona até a lanchonete antes de ir para o próprio trabalho. Também foi fácil me acostumar a dormir com ele. Não posso reclamar da cama confortável e do banheiro depois de tanto tempo dormindo num colchão dentro de um celeiro. A companhia também me faz mais feliz a cada dia, e estamos criando uma ligação, aquela coisa gostosa que uma pessoa sente quando está apaixonada. Não tento mais negar meus sentimentos. Pelo contrário, agora abraço as emoções.

Por um momento, me esqueço de todos os problemas. Aquilo que parecia tão aterrorizante e preocupante dias atrás, agora é apenas uma vaga lembrança que causa uma dor de cabeça ao fim do dia, mas que é esquecida depois de uma boa noite de sono. Porém, como tudo o que é bom dura pouco, meu sossego também chega ao fim. Estou atendendo uma mesa na hora do almoço quando Amy grita:

— Savanah, tem uma mulher querendo falar com você. É da biblioteca.

Ela fala "biblioteca" com uma cara de nojo, como se não imaginasse o que poderia ter de interessante num lugar desses. Meu coração gela na hora, e fico branca, já sabendo exatamente o que aquela ligação significa.

Depois de desligar, toda aquela aura de felicidade que pairava sobre mim de manhã se esvanece. É difícil continuar a trabalhar normalmente sabendo que o pen drive contendo as fotos mais importantes da minha vida está à minha espera.

Outra coisa importante começa a se enroscar no meu cérebro, levando aquela dor de cabeça controlada a um nível insuportável. Como farei para buscar o pen drive sem que Davi saiba? Porque tenho certeza de que, se eu contar, ele imediatamente largará tudo, o trabalho mais importante da sua vida, para ir comigo.

Já aceitei nosso relacionamento, mas isso não significa que estou confortável em atrapalhar seus planos. Minha cabeça fervilha de pensamentos.

Quando saio do restaurante, o vento ainda quente batendo no meu rosto, já tenho uma ideia formada na cabeça. Davi não vai gostar nada do que eu pretendo, e, quando descobrir, certamente ficará bravo comigo. Mas espero que o resultado — estar com aquele pen drive em segurança e pronto para ser entregue à polícia, garantindo a minha inocência e possivelmente a nossa segurança — faça com que ele esqueça minha rebeldia e me perdoe.

No carro, enquanto rumamos à casa de Davi, uma luz parece se acender quando ele fala:

— Amanhã estarei fora da cidade. Precisamos de algumas ferramentas para continuar o projeto, e aqui não temos onde as encontrar. Precisarei ir junto. Na verdade, todos vamos. Deixarei minha chave com você, assim poderá ficar à vontade lá no quarto, mesmo sem mim.

Davi está sendo tão prestativo e atencioso, e estou apavorada por ter de mentir para ele... mas sei que é necessário. Além disso, é uma mentira inofensiva, pois estarei de volta antes de Davi sequer sentir minha falta.

— A que horas você volta?

— Provavelmente tarde. A escolha das ferramentas vai levar tempo.

Falta-me apenas garantir que a cidade à qual ele vai não é a mesma onde está o pen drive.

— Essas ferramentas, você vai buscar naquela cidade a que fomos outro dia?

Tento soar descontraída e desinteressada, mas, por dentro, um nó se forma na minha garganta, o medo se arrastando por minhas entranhas.

— Não — ele responde. — É do outro lado, na verdade. Uma cidadezinha menor que esta, onde você só encontra galpões cheios de bugigangas e ferramentas que ninguém quer. Será terrível achar tudo de que precisamos, mas o que posso fazer?

É o que eu precisava saber, o que me deixa aliviada, mas outra sensação, não tão boa, também se instala, rasteira, dizendo-me que isso não é certo. Afasto tal ideia, porque não quero me arrepender daquilo que estou prestes a fazer. Estou decidida a não prejudicar Davi ainda mais. Ser um fardo não é meu objetivo.

26

DAVI

Sinto que Live está tramando alguma coisa. Alguma coisa de que não gostarei, tenho certeza, mas não consigo imaginar o que é.

Sua postura está diferente daquela que apresentou no decorrer da semana. Antes, estava relaxada, parecendo aceitar a cada dia sua nova situação ao meu lado. Dei abertura suficiente para que ela sentisse que estava no controle. Era disso que ela precisava, tomar as rédeas da sua própria vida, seguir suas próprias regras e ter seu espaço. Estava a proporcionando tudo isso, mas me mantinha perto, porque me importo. Se ela chamasse, eu estaria ali.

Hoje, no entanto, todo aquele progresso parece ter retrocedido, escondendo-se nas sombras em que Live costumava se fechar quando ainda era Savanah.

Sua postura é rígida, e ela está se esforçando para parecer bem, porém percebo que é falso. As olheiras estão mais pronunciadas, os lábios apertados em tensão, assim como os olhos, que já não brilham tanto. Quando ela sorri para mim a caminho de casa, não é um sorriso feliz. Seu contrair de lábios parece uma careta.

O que mais me preocupa é que, além de estar sofrendo, ela se mantém afastada, toda e qualquer preocupação escondida. Conhecendo Live como agora conheço, sei que ela deseja resolver alguma coisa sozinha, a fim de me poupar. Não sei o que mais seria necessário eu fazer ou falar para que ela entenda que não fugirei, não julgarei e a amarei acima de qualquer problema.

Falar não está adiantando, então terei de provar. Só não sei como. Exteriormente, Live parece normal. Alguém que analisasse a situação de fora poderia achar exagero da minha parte. Claro que as pessoas têm dias ruins. Nada é perfeito, e é de se esperar que Live tenha recaídas, momentos em que questione tudo o que lhe aconteceu. Tudo pelo que ainda passará até resolver esses problemas. Para mim, no entanto, dificilmente ficará mais fácil ver esse sofrimento estampado em seu olhar.

Darei qualquer coisa para, no futuro, estar ao seu lado quando esquecer as lembranças ruins e substituí-las por coisas boas.

27

LIVE

Peço a Davi que me acorde no dia seguinte, quando for viajar. Ele insiste que eu fique dormindo, aproveitando meu dia de folga, mas, internamente e em segredo, já estou pronta para ir até aquela biblioteca buscar o pen drive e me livrar o mais rápido possível da culpa por mentir.

Felizmente, tenho sorte. O irmão de Amy, Robert, concorda em me emprestar sua picape — tão velha que nem deve ter autorização para transitar. Garante que ela está em perfeito estado. Como preciso dela, finjo acreditar nele, rezando para que ela aguente a viagem.

Antes de Davi sair, beijo-o profundamente. Quero guardar este momento, gravar o gosto e a textura dos seus lábios nos meus. É uma sensação estranha, já que nos veremos novamente em apenas algumas horas, mas não posso evitar.

Somente com esse toque, faíscas poderosas se acendem entre nós. É sempre assim com ele. Acho que nunca me cansarei. Infelizmente, temos de interromper o contato rápido demais, pois Davi precisa partir. Também preciso, mas sinto calafrios só de pensar nisso.

Mantenho a mente calma enquanto me troco, sozinha no quarto. É apenas uma rápida viagem para pegar um pen drive, pelo amor de Deus. Não corro perigo. Voltarei tão rápido que nem sentirei, e, depois, quando estiver com Davi ao meu lado, vou me sentir boba por ter dado tanta importância a isso.

Com os pensamentos um pouco mais claros, pego a estrada; algumas horas me separam daquilo que pode ser a minha salvação e absolvição.

•

O dia está bonito e claro, prometendo calor. Não estou incomodada. Com os vidros abertos, ouço o som do vento e dos pássaros cantando. A estrada vazia se estende à minha frente, me trazendo paz e esperança. O nervosismo do dia anterior passou. Percebi que, se Davi gosta de mim como eu desconfio, entenderá que essa parte da minha história precisa de um ponto-final, e esse ponto-final sou eu quem tem de colocar. Fazer isso sozinha é admitir que sou forte, que estou lutando.

É bom me sentir assim depois de tanto tempo me escondendo. Por um lado, Davi me libertou, mostrando-me que se importa. Por outro, precisei cavar fundo dentro de mim, procurar em todos os cantos escuros a antiga Live. Acho que tanto tempo fingindo ser outra pessoa pode irremediavelmente transformar uma parte de nós.

É estranho, mas sou grata. Ser a Savanah me salvou de muitas formas. Deu-me segurança e abrigo quando isso era tudo de que eu precisava. Escondeu-me quando minhas forças tinham se exaurido. Mostrou-me que pessoas boas existem e que, com esforço, algumas delas podem fazer diferença em nossas vidas.

Mostrou-me como sou feliz sendo a Live. Com defeitos e qualidades, temos de ser gratos pelo que somos, ainda que às vezes seja difícil. Ainda que pareça o fim do túnel, um caminho sem saída, vale a pena nos mantermos fiéis a nós mesmos.

Essa aceitação não veio fácil. Claro que seria mais simples ter continuado a viver daquele jeito. Eu me manteria calada, escondida para sempre. Mas isso não seria viver, e sim sobreviver. Eu não teria conhecido Davi, não teria me apaixonado por ele e não estaria pensando num futuro ao seu lado, enquanto meu cabelo voa ao meu redor e sorrio comigo mesma.

A estrada vazia, de repente, muda. Primeiro, não entendo bem o que estou vendo. Parece um tipo de comboio, o que é estranho, considerando que quase ninguém passa por aqui. Por que a polícia se daria ao trabalho de patrulhar uma área praticamente deserta? Ao me aproximar um pouco mais, vejo dois carros grandes, caminhonetes blindadas e com vidro escuro, paradas uma de frente para a outra, fazendo um bloqueio. Sinais de alerta piscam por toda parte. Meu cérebro tenta pensar em alguma coisa, *qualquer coisa,* para me tirar daqui imediatamente. Penso em aumentar a velocidade e simplesmente passar pelos carros, mas tenho a impressão de que seria arremessada para fora ou prensada no painel. Nenhuma das opções parece aceitável.

Depois, penso em dar meia-volta, cantando pneu e dando um cavalo de pau. Logo desisto; nem sei como se faz um cavalo de pau, para começo de conversa. Minha última opção é entrar na mata adjacente à estrada, que permeia uma boa parte das laterais. Enquanto tudo isso passa pela minha cabeça, chego a uns cinquenta metros dos carros. Piso com tudo no freio, meu corpo indo para a frente e sendo puxado de volta pelo cinto de segurança.

Meu coração está disparado e meus olhos não conseguem realmente acreditar no que estou vendo, apesar de, dentro de mim, saber que esta hora chegaria. A hora em que ele me acharia e me mataria.

Martin sai de um dos carros. Aponta uma arma diretamente para mim. A adrenalina remove meu medo, por enquanto, mas tenho certeza de que, se não fosse por isso, eu já teria desmaiado. Meus ouvidos parecem ter parado de funcionar, pois o único som que ouço é meu próprio coração batendo rápido. *Tum-tum, tum-tum, tum-tum...* Parece tão alto que olho em volta para confirmar que o rádio não está ligado, ou algo assim. Não está.

Se fosse um filme, veria toda a minha vida passando pela minha mente; todas as pessoas amadas, cada momento de alegria e paixão. Penso em cada palavra não dita e que agora estaria perdida para sempre. Cada rispidez que poderia ter sido evitada. Cada pedido de desculpas ou cada elogio que deveria ter dito.

Nada disso está passando por minha cabeça agora. Aquilo em que penso, antes de ouvir um tiro, é que estou muito agradecida por estar sozinha e por ter deixado Davi seguro.

•

O barulho que se segue ao tiro me surpreende. Primeiro porque não estou morta, já que ainda posso ouvir o que acontece ao meu redor. Segundo porque o som de explosão é seguido de um balanço estranho no carro, que pende para o lado, fazendo-me soltar um grito.

Martin está se aproximando da minha janela e ostenta no rosto um sorriso perverso, como se seu único objetivo na vida fosse pregar peças nas pessoas e assustar criancinhas inocentes. É um sorriso maldoso e calculado.

— Achou mesmo que eu te mataria? — ele pergunta.

Não respondo. Acho que ele atirou no pneu, impedindo qualquer tentativa de fuga. De qualquer forma, eu não seria capaz de me livrar dele nem em um milhão de anos. Estou encurralada.

— Está tão assustada que não consegue falar? — acrescenta.

Não respondo de novo. Nunca lhe darei a chance de me ouvir gaguejar; estou morrendo de medo, mas não demonstrarei. Deixo a raiva tomar conta. Levanto a sobrancelha em interrogação. Será que ele é tão burro que pensa que pode conversar comigo como se nada tivesse acontecido? Como se não tivesse tentado me matar antes ou me perseguido na estrada?

Seu sorriso vacila por um momento. Penso vislumbrar uma pitada de remorso em seu rosto, mas tenho certeza de que é a minha mente pregando uma peça. A maldade dentro dele nunca permitiria esse tipo de sentimento. Estou pendurada pelo cinto, meu corpo caindo para o lado. Martin percebe onde meu olhar está pousado: na arma em sua mão, que agora — graças a Deus — não está mais apontada na minha direção.

— Ah! Isso aqui a preocupa? — O objeto pende despreocupadamente em sua mão

Chacoalha a arma, como se quisesse mostrar que é inofensiva. Como não me convence, a coloca no cós da calça. Não faz questão de escondê-la com a camisa. Depois, levanta os braços acima da cabeça, indicando que está desarmado e é inofensivo, o que me convence menos ainda. Abre a porta do carro, e prendo a respiração quando se debruça sobre mim, tentando soltar o meu cinto. Quando consegue e começa a se afastar, seu rosto se aproxima demais do meu, causando-me calafrios.

Colo meu corpo ao banco, tentando, sem sucesso, permanecer afastada. Ou ele não percebe minha repulsa, ou não liga, porque se aproxima mais ainda, mantendo um espaço minúsculo entre nós. Seus olhos estão vermelhos e inchados. Veias aparecem, como se forçadas demais. Sei que isso faz parte dos efeitos colaterais do uso contínuo das drogas. A beleza que antes eu via nele desapareceu por completo. Meus olhos não conseguem mais enxergar aquele cara bonito e charmoso que conquistava todas as garotas na faculdade.

Talvez *eu* tenha mudado, e não ele. Vejo o que ele tem por dentro. A aparência perdeu o brilho porque foi tomada pela escuridão do seu interior.

— Sabe, Live, senti sua falta...

Sua voz permanece a mesma, mas me causa uma sensação diferente. É ameaçadora, embora ele esteja calmo e sereno. A fachada não me engana. Ou ele enlouqueceu, ou deve estar drogado, se acha que esquecerei tudo pelo que me fez passar.

Desta vez, ele não espera minha resposta. Acho que entendeu que não estou a fim de papo. Afasta-se e indica a rua, esperando que eu o acompanhe. *Nem a pau*. Ele terá de me arrastar. A raiva me atinge com tudo, e isso faz com que as palavras jorrem de mim.

— Está de brincadeira comigo, não é? Não vou com você. Se não percebeu, estou fugindo de você. Você tentou me matar.

— Live, não deveria guardar rancor. Isso faz mal. E também sei de uma coisa ruim que você está fazendo e não deveria. Algo que pode te colocar em grande perigo.

Ele está divagando, falando devagar e baixo, como se eu fosse uma criança sendo repreendida. Tento me manter tranquila. Dizem que, quando você está frente a frente com um bandido, deve falar calmamente, para mantê-lo calmo também. Sem movimentos bruscos que possam fazê-lo perder o controle.

— Não sei do que está falando, Martin — respondo.

— Ah, não faça isso. Você é esperta. Não é inteligente mentir para mim. Sei do pen drive. Você acha que, quando seu "corpo" desapareceu daquele galpão, eu simplesmente pensei que você tinha sido abduzida?

Sabe que estou reunindo provas capazes de colocá-lo na cadeia por muito, muito tempo. Mas como descobriu? Permaneço calada, encurralada e com medo, enquanto Martin continua:

— Acha que não tenho contatos por aí, Live? Nesse tipo de negócio, informação significa segurança. As pessoas me devem dinheiro e favores. E, às vezes, eu preciso cobrá-las. Simples assim.

— Quem te contou?

Decido ser franca, já que não adiantará continuar mentindo.

— Isso não importa — retruca. — O que importa é que não vai fazer o que pretende.

Engulo em seco, prevendo minha morte. É claro que ele vai me matar; sabe que o denunciarei e que nunca sairá ileso se me deixar viver.

Estou condenada, meu destino selado; não quero morrer como uma covarde. Não vou correr, gritar ou implorar, de jeito nenhum. Olharei nos seus olhos, e ele terá de me matar olhando para mim, vendo meu desafio.

É aí que acontece: a surpresa que me deixa de boca aberta, sem rumo.

— Mas sabe de uma coisa? — ele continua falando. — Durante esse tempo que você sumiu, não parei de te procurar. Tive muito tempo para pensar. O que fiz com você foi errado. Entendo por que ficou brava, e eu deveria ter me desculpado por mentir. Poderíamos ter resolvido as coisas, se tivéssemos conversado. Mas eu estava bêbado, meio chapado... estava sob pressão, e me arrependo de ter jogado aquela faca. Pode me perdoar?

Ele deve ter ficado louco. Ou está muito bêbado. Mas parece lúcido, ao menos a ponto de pedir perdão para sua ex-namorada que tentou assassinar. Será que ele acha que aquilo foi um mal-entendido? Que eu lhe teria perdoado por ser um traficante e me usar como distração?

— Onde está com a cabeça? Você tentou me *matar*. Aquilo não foi um mal-entendido. Você vendia drogas! Eu nunca teria ficado contigo por tanto tempo se soubesse disso.

Minha voz soa histérica e desesperada, mas não posso evitar. Ele nunca terá o meu perdão. Isso é a coisa mais absurda que já ouvi na vida.

— Eu não queria matá-la de verdade. Você não entende? Eu precisava *fingir* matá-la para não perder minha autoridade. Ninguém me respeitaria se eu simplesmente deixasse você sem nenhuma punição. Eu pretendia voltar depois, cuidar de você. Tudo voltaria ao normal.

Percebo, horrorizada, que ele fala sério, que acredita no que está dizendo. Ou está tentando me enganar para depois me matar. Mas para que se dar ao trabalho? Ele tem uma arma e vários capangas. Poderia me matar agora com um tiro na cabeça, depois me jogar no mato. Ninguém nunca mais me acharia. Talvez esteja apenas se divertindo com o meu sofrimento. Sim, com certeza; ele pode ser sádico a esse ponto. Mas, internamente, sei que está falando sério. No meio da sua loucura, tenta me convencer a lhe perdoar.

Estou em pânico. Literalmente, não sei o que fazer. Será que o ideal é mantê-lo falando essas besteiras, ou acabar de vez com a sua ilusão de que talvez eu lhe perdoe? Minha paciência está por um fio e estou cansada de fingimentos. Não terei uma oportunidade de fugir, ainda que tente. Então, quais as minhas opções reais?

— Você não está falando coisa com coisa — respondo. — Nunca te perdoarei. — Neste momento, todo o meu autocontrole está indo para o espaço, e grito como uma louca: — Odeio você e odeio como estragou a minha vida e o meu futuro. Odeio ter te conhecido!

Agora, estou chorando. Eu não queria, e não é um choro de sofrimento, mas de raiva. Uma raiva guardada dentro de mim por muito tempo. Mágoa e revolta se juntam, formando uma correnteza impossível de conter. Não vai parar até eu estar seca por dentro.

Pensar nisso me faz sentir mais raiva ainda. Não devia estar chorando na frente dele. Queria tanto estar nos braços de Davi, sendo consolada, sentindo seu calor e sua proteção. Mas estou neste inferno, de novo tendo de enfrentar o monstro que um dia pensei amar.

Saio do carro, e agora estou parada no meio da rodovia, agachada, as mãos segurando a cabeça. Martin está mais próximo e parece interpretar minha atitude de forma errada. Quer me consolar, tenta me levantar, segurar os meus ombros e me abraçar. Mas suas mãos em mim me dão nojo, fazem-me querer correr o mais rápido possível. É exatamente o que faço. Começo a correr, o desespero me impulsionando mais rápido do que pensei ser capaz. Mas claro que não é o suficiente, e sinto Martin me alcançando, seus passos fazendo barulho nos meus ouvidos.

Sinto seu peso sobre mim quando caímos no chão, seu corpo me mantendo presa. De barriga para baixo, sinto gosto de sangue na boca. Provavelmente mordi a língua quando caí. Sua boca está próxima ao meu ouvido e sua voz me dá arrepios. Ele não fala grosseiramente, nem grita, nem parece nervoso.

Na verdade, parece chateado. E isso me deixa mais assustada do que se ele estivesse gritando comigo.

— Por que está fazendo isso comigo? Já pedi desculpas. Eu estou arrependido, e agora estou pronto para cuidar de você do jeito que você merece. O que mais quer de mim?

Sua loucura parece passar para mim também. Estou me debatendo, lutando, tentando me levantar e continuar correndo, mas sou fraca demais. Quando finalmente consigo me virar, dou de cara com Martin me encarando. *Ele está chorando.* As lágrimas escorrem por seu rosto; os olhos estão vermelhos e inchados. Por um momento, penso que estou olhando para o antigo Martin, aquele que eu amava e que me amava de volta. Só que ele nunca me amou. Estava me usando o tempo todo. Mas, agora, não parece. Ele parece genuinamente infeliz por ter feito tudo o que fez.

— Vou te convencer. Você vai ver. Vou compensar tudo de ruim que fiz no passado. Juro que voltará a me amar, nem que eu passe o resto da vida tentando.

Ouvir isso é como um soco no estômago. Meu coração para durante um minuto inteiro. Estou ouvindo essas palavras, mas meu cérebro deve ter derretido, porque não sei se entendi o que ele falou. Devo estar delirando. O que ele quer dizer?

Meu choro, agora, é de puro terror. Estou perdida. Enquanto Martin me arrasta pela estrada e para dentro do seu carro, penso no quanto queria ter contado para Davi o que eu pretendia fazer. Não desejava colocá-lo nesta situação junto comigo, mas poderia ao menos ter me despedido, ter dito que o amava uma última vez. Talvez eu não tenha outra oportunidade de vê-lo ou tocá-lo. Talvez aquele futuro que vinha se desenrolando na minha mente não aconteça.

28

DAVI

O DIA FOI EXTREMAMENTE CANSATIVO. SINTO OS MÚSCULOS TENSOS e cansados, mas não é uma sensação ruim. Fazia tempo que eu não me entregava ao trabalho como fiz hoje, a ponto de esquecer todo o resto, esforçando-me até estar exausto demais para pensar.

Só dessa maneira consegui me desligar um pouco de Live. Agora estamos voltando para casa, todos cansados, mas empolgados pelas maravilhosas descobertas; meus pensamentos se voltam novamente para a garota linda que me espera. Apesar de ainda amar meu trabalho, minha carreira, nada se compara a ter Live ao meu lado. Vê-la feliz é a minha nova e mais importante meta de vida.

Estou empolgado demais quando finalmente estaciono a caminhonete na frente de casa. Todo mundo se despede e subo as escadas de dois em dois degraus, ansioso para ver Live, abraçá-la, matar a saudade. Porque, por incrível que pareça, já estou com saudades apenas por ter ficado longe um dia inteiro.

Isso só pode significar uma coisa: estamos destinados a ficar juntos. Precisamos um do outro. Não posso viver sem ela. Não mais.

Abro a porta, empolgado para ver Live, mas o que encontro é um silêncio assustador. Todas as luzes estão apagadas. Ela não está dormindo e não está no banheiro. No canto do quarto, sua mochila está intacta.

Isso é estranho, e um pressentimento horrível toma conta de mim. Live estava de folga, então deveria estar em casa, descansando. Tento me acalmar; talvez ela tenha pego um turno extra. Ou talvez esteja com Amy ou tenha ido ao celeiro pegar algo de que tenha esquecido.

Mesmo enquanto me convenço de que está tudo bem e de que o que está acontecendo é só um desencontro, meu coração está mais disparado que o normal, e minhas mãos tremem. Desço imediatamente as escadas e pego a caminhonete, cantando os pneus antes de correr até a lanchonete, torcendo para Live estar lá. Decepciono-me ao ver Amy no balcão, mascando chiclete e entediada.

— Aconteceu alguma coisa? — pergunta, atenta.

— Savanah está aqui? Não tem ninguém em casa, e pensei que ela poderia ter pego um turno extra.

Ainda consigo me lembrar de chamar Live de Savanah, já que provavelmente Amy ainda não sabe a verdade sobre a amiga.

— Davi, não quero assustá-lo mais do que você já parece, mas Savanah não apareceu por aqui nem ligou. Desconheço seu paradeiro.

Amy continua gritando de dentro do restaurante, mas não ouço, porque já estou correndo de novo. Meu próximo passo e minha última esperança é que, por algum motivo, ela esteja no celeiro. Mas, dentro de mim, algo diz que não a encontrarei lá.

•

Como eu imaginava, o celeiro está escuro e vazio. Não há sinais de que alguém tenha passado aqui, então sei que Live está em apuros. Se ao menos tivesse confiado em mim o bastante para contar seus planos, teria uma ideia de onde encontrá-la.

Mil pensamentos disparam pela minha mente, um pior que o outro. Mas, enquanto cogito as possibilidades, sei aonde ela foi. E sei por que não me contou: não queria me atrapalhar. Se tivesse me contado, eu jamais a deixaria ir sozinha buscar aquele pen drive.

Mas tenho certeza de que ela não pensou que corria perigo indo buscá-lo sozinha. Posso até imaginar o que pretendia: sair logo depois que eu fosse viajar e voltar antes que eu chegasse. Pelo jeito, algo saiu errado. Resolvo que o primeiro passo para a encontrar é ligar na biblioteca e descobrir se o pen drive ainda está lá. Por causa do raro sinal de internet na cidade, demoro um pouco para obter o número. Mas finalmente consigo.

Meu coração está disparado enquanto ouço o telefone tocando do outro lado. Uma voz feminina e forte atende:

— Biblioteca pública, em que posso ajudar?

— Oi... Meu nome é Davi. Não sei se você vai se lembrar de mim, mas fui até aí com uma garota chamada Savanah. Ela ficou de buscar uma encomenda que chegaria esta semana.

— Ah! Lembro-me de vocês. Liguei para a senhorita Savanah assim que o pacote chegou, antes de ontem; por causa da urgência que ela parecia ter em pegá-lo, achei que hoje mesmo estaria aqui, mas não apareceu.

— Ligou para ela.

— Sim, claro. Ela disse que era muito importante.

— Entendo — respondo, uma ideia me ocorrendo. É o mínimo que eu posso fazer por Live agora. — Ela me pediu para pegar com você o pacote. Vou até aí amanhã mesmo.

– Oh, que bom! Espero você.

Eu estava prestes a desligar, mas a voz no telefone me interrompe:

– Ela está bem? A moça que esperava o pacote? Ela parecia extremamente ansiosa quando eu liguei.

– É, espero que ela esteja bem.

Desligo sem mais uma palavra. Ela não entenderia o que está acontecendo, de qualquer forma. É quase impossível pensar racionalmente, mas me manter calmo é a única coisa que posso fazer no momento. Primeiro, preciso garantir que o pen drive esteja seguro. É o que Live esperaria de mim, o que pode garantir sua segurança.

Se Martin a tiver encontrado, logo descobrirá que ela não pegou o pen drive. Apenas espero que ele não a mate antes de descobrir, ou a descarte depois que ela pareça inútil aos seus olhos.

29

LIVE

Martin me trouxe para algum tipo de chalé no meio do nada. É uma floresta fechada e úmida, escura por causa da quantidade de árvores que se estendem infinitamente. Ao sairmos do carro, ele me carrega para dentro, quase arrastando, já que as minhas forças parecem ter evaporado. Antes de entrarmos, ainda consigo vislumbrar os outros carros que nos acompanhavam no caminho; estacionam e de dentro saem vários homens armados, que se posicionam ao redor da casa, formando um tipo de redoma.

O ambiente está parcamente mobiliado, apenas um sofá na sala, uma geladeira velha na cozinha e uma porta que imagino ser do banheiro. O lugar me dá arrepios, as janelas tapadas com tábuas, o piso rangendo conforme pisamos.

Estou parada no meio da sala, imóvel, quando Martin quebra o silêncio:

— Este lugar é temporário.

Continuo olhando para ele, tentando assimilar o que está acontecendo.

— Pretende me manter presa aqui?

— Presa? Live, eu só quero passar um tempo com você. E aqui é um bom lugar, já que você ainda não está pronta para me perdoar.

— Nunca te perdoarei.

— Perdoará, sim! Eu te amo. E tem outra coisa: preciso do pen drive que está escondendo de mim.

— Não estou com ele.

— Tudo bem, acredito. Mas você sabe onde ele está, e preciso dele.

— Não sei onde ele está.

Aquilo o deixa visivelmente nervoso. Martin anda de um lado para o outro, gesticulando sem parar, o rosto vermelho.

— Sabe, sim. Não tente me enganar...

Decido não aumentar sua fúria. Tentei observar o caminho até a casa o máximo que pude, mas, sendo sincera, não acredito que conseguiria sair daqui e não me perder. Depois que adentramos a floresta, perdi totalmente a noção do caminho. Além disso, como poderia escapar com tantos capangas rodeando o lugar?

Ao mesmo tempo, não posso apenas me sentar e esperar algum tipo de resgate. A verdade é que eu adoraria pensar em Davi atravessando aquela porta, vindo me buscar, derrubando as paredes e acabando com este pesadelo.

Mas isso é praticamente impossível. Ele não sabe o que fui fazer ou onde estou. Como poderia me achar neste lugar isolado? E, a não ser que convencesse a polícia a vir junto, como ele faria para me tirar daqui?

Não posso nem começar a pensar em tudo o que pode acontecer de ruim caso ele, por um milagre, me encontre. Não sei em que devo me apegar: a esperança de ser encontrada ou a esperança de que Davi jamais tenha de lidar com Martin.

— Saí daquela cidade sem olhar para trás, apenas com a roupa do corpo — argumento. — Precisava fugir de você o mais rápido possível. O pen drive não está comigo, nem sei se ainda existe ou se foi perdido na minha fuga.

Apesar de ser um tiro no escuro, estou disposta a arriscar. Pretendo fazer Martin confiar em mim para que, logo, logo não se preocupe com a minha presença. Só então teria uma chance de fugir.

Eu só não esperava sua resposta:

— Bem, já que você não sabe, talvez sua mãe saiba.

Seu olhar me perfura como mil adagas. Ele está tão perto da verdade que enrijeço na hora, morrendo de medo da sua próxima atitude.

— Do que está falando? Sabe que minha mãe e eu não nos falamos há muito tempo. Ela é uma alcoólatra.

Uso todas as minhas cartas. Em um golpe de sorte, talvez ele acredite em mim.

— Eu sei disso tudo. Mas acredite se quiser, quem me contou sobre o pen drive foi uma funcionária da clínica em que sua mãe está. Fico me perguntando como ela saberia desse pen drive se você não tivesse falado para sua mãe sobre ele.

Sem respostas, prefiro ficar quieta. Também estou imaginando que Martin deve ter estado perto demais da minha mãe esse tempo todo, tentando me encontrar. Penso no perigo que ela estava correndo enquanto eu me escondia como uma covarde.

— Ainda estou investigando tudo, tentando encontrar esse pen drive — ele prossegue. — Enquanto isso, você vai ficar aqui comigo. Podemos nos reconectar.

Reconectar? Martin está louco.

— Sei que o lugar não é lá aquelas coisas, mas estamos juntos. É o que importa.

Martin está próximo de mim e tenta segurar minhas mãos nas suas, mas eu me afasto. Não suporto olhar para ele, muito menos tocá-lo.

Ele não parece nervoso comigo, mas compreensivo. Porém não quero sua compreensão.

— Entendo sua relutância, mas não pode fazer isso para sempre — diz.

— Posso. Posso e vou! Isto é sequestro, e não ficarei aqui com você como se estivesse num fim de semana de férias.

Ele só me olha, analisando minhas palavras. Abre um sorriso sinistro, louco, que me faz estremecer.

— Mais tarde, vamos jantar juntos. Você vai adorar!

Sinto-me em um filme de terror, a mocinha trancada no chalé com o psicopata louco, que se diz apaixonado por ela.

Tenho um encontro marcado com o bandido e não posso recusar, já que estou presa aqui.

•

Não sei que horas são. Não há nenhum maldito relógio neste lugar, então não posso definir quanto tempo faz que estou aqui, olhando para a parede e enlouquecendo. Recosto-me no sofá. Está ficando frio, e imagino que seja porque estamos embrenhados na floresta. Apesar de ter demorado um pouco para chegarmos aqui, tenho quase certeza de que estamos no mesmo estado, quem sabe até na mesma cidade.

Martin me deixou sozinha, mas nem me dei ao trabalho de tentar sair. Acho que estou trancada aqui dentro, porém, mesmo que não estivesse, jamais passaria pelos capangas que nos cercam. Acredito que cochilei, porque abro os olhos com pressa, surpresa, quando a porta abre e um vento gelado atravessa o pequeno cômodo.

Martin segura algumas sacolas de papel e, ao entrar na sala, acende uma pequena luz, que pisca, fraca, no teto antes de estabilizar e lançar um brilho débil sobre nós.

— Falei que traria o jantar — murmura, parecendo relaxado, como se estivesse chegando em casa depois de um dia de trabalho normal.

— Não estou com fome.

Finge não me ouvir e continua se movendo, atravessando a sala e indo até a cozinha do outro lado.

— Tem que comer; não vai fazer essa desfeita comigo, vai?

— Não vou comer. Quero ir embora, Martin! — suplico.

— Como assim não vai comer? Vai fazer greve de fome?

— Se for preciso, vou!

— Acho que não vai aguentar muito tempo. Nunca foi muito forte ou determinada.

As palavras afiadas me atingem com força, porque, de certa forma, ele tem razão. Nunca fui nenhuma dessas coisas quando estava com ele. Eu era superficial e mimada, sempre me apoiando nas pessoas mais populares; temia ser julgada e abandonada.

Mas ele não me conhece de verdade. Não mais.

— Veremos. — É a única resposta que escapa da minha boca.

Ele ri de um jeito descontraído, como se não me levasse a sério. Claro que ele não leva, mas isso não me incomoda.

Aguentarei o máximo que conseguir, pois não pretendo entrar com ele nesse jogo doentio. Não fingirei estar feliz ou conformada com esta situação bizarra. Vou me rebelar, nem que seja desta maneira idiota, que acabará me prejudicando.

Mas, se estou certa, Martin ainda me quer, e não ficará feliz quando eu me recusar a comer e colaborar com ele, principalmente. Se não posso vencê-lo, ao menos posso irritá-lo.

•

Foi relativamente fácil recusar a comida. Faz apenas algumas horas que tomei café, então meu estômago quase não roncou quando Martin se aproximou com um prato na mão, sentou-se no sofá e comeu tranquilamente, como se fôssemos um casal.

Não comentou sobre o jantar que eu estava recusando. Acredito que queria provar que estava certo a meu respeito e que eu logo cederia. Também optei por me calar, fingir que ele não existia, mas minha cabeça estava a mil por hora, cogitando cada possibilidade, calculando quantos dias eu aguentarei até que precise implorar por comida.

Infelizmente, minha resolução é simples: jamais cederei. Não darei essa vitória a ele. Não é que eu não queira viver ou que esteja desistindo de lutar. Ou me rendo à sua loucura, finjo perdão e continuo vivendo ao seu lado, ou morro tentando escapar.

Até cogitei interpretar o papel de namorada compreensiva e apaixonada, mas não tenho estômago para esse tipo de fingimento. É claro que logo cobrará seus “direitos” de namorado, e eu não estou disposta a passar por isso.

É estranho e triste pensar em tudo pelo que passei, tudo em que persisti, só para morrer na praia, tão perto daquilo que tanto sonhei. Todo o caminho que percorri com Davi, até chegar ao ponto em que achei estar livre, amando novamente, aceitando-me e aceitando receber amor em troca.

Aqui, sentada neste sofá desgastado e imundo, encolhida num canto, tentando me manter aquecida, lágrimas silenciosas molham meu rosto. Não tento secá-las, mas contenho um soluço que se forma na minha garganta. Eu estava tão feliz, achando que finalmente tinha encontrado algo pelo que viver. Como uma ironia do destino, novamente estou sendo arrancada da minha vida, como se ela não valesse nada e não fosse importante.

Lembranças me atingem por todo lado, lembranças felizes, trazendo ainda mais sofrimento, pois sei que, agora, tudo acabou. Davi está perdido para mim.

Juro a mim mesma que esta será a última vez que me permito derramar lágrimas por Martin. Também juro que, se conseguir escapar, farei com que ele pague por todos os seus pecados. *Todos.*

30

DAVI

Faz uma semana que Live sumiu. Evaporou como fumaça, não deixando rastros. Não parei de procurá-la um minuto sequer, mas, apesar disso, não encontrei um vestígio, uma pista, nada.

Foi fácil buscar aquele pen drive e mantê-lo seguro. Na biblioteca, ninguém desconfiou de nada; também não fiz questão de explicar. Apenas disse que Live tivera um imprevisto e pedira para eu ir pegá-lo em seu lugar. Não fizeram perguntas, mas, se soubessem do que se tratava aquele pacote e o que estava em risco, com certeza ficariam apreensivos por se envolver.

Por enquanto, é difícil envolver a polícia. Apesar de ter comigo as provas que Live tanto queria, tenho medo de que a chegada das autoridades leve Martin a acabar com a vida dela, sumir para sempre ou se esconder mais ainda. Sei que foi o responsável pelo sequestro, não tenho dúvidas. O problema é que ele é perigoso e poderoso, uma combinação totalmente desfavorável para mim. Para piorar, depois de uma semana inteira, é possível que ele já esteja tão longe que nunca serei capaz de revê-la.

Este pensamento me aterroriza, e evito pensar demais. Estou agindo racionalmente até agora, cogitando possibilidades e traçando planos de ataque e de resgate, um passo atrás do outro, para não ser tomado pela emoção.

Por fora, sou paciente, determinado e raivoso. Mas, por dentro, estou perdendo uma parte da minha alma cada vez que penso em Live, presa, sofrendo, desesperada. E isso está me matando aos poucos.

Não desistirei, mas é difícil manter a esperança numa situação como esta. Martin não age sozinho, então, se eu for esperto, também pedirei reforços.

Por Live, farei o que for preciso. Não chamarei a polícia, já que não quero arriscar sua vida. Farei melhor, ou pior, dependendo do ponto de vista. Por ela, irei me alinhar ao pior tipo de pessoa. Por ela, venderei minha alma. Virarei amigo do pior inimigo de Martin. Eu farei tudo, se isso garantir que Live voltará para mim, para nossa vida, para nosso futuro.

Não estou disposto a abrir mão dela. Nem hoje, nem nunca.

31

LIVE

Faz uma semana. Talvez mais, talvez menos. Não há como ter certeza. Minha cabeça já está enevoada, e minha visão, embaçada. Uma dor de cabeça insuportável se instalou nas têmporas e é minha companhia constante. Não me deixa dormir, falar ou pensar com clareza.

Martin está nervoso. Sua paciência se esgotou. Não achou o pen drive, graças a Deus, e isso só contribuiu para que, nos últimos dias, ele viva gritando, xingando e batendo portas.

Eu me encolho no sofá velho, calada, esperando que a qualquer momento sua revolta se vire contra mim. Apesar de ter tido sucesso nos primeiros dias, minha greve de fome foi por água abaixo quando Martin me prendeu no chão, forçou minha boca a se abrir e empurrou a comida goela abaixo. Estou certa ao pensar que eu estou aqui exclusivamente pelo pen drive. Martin está me mantendo viva e saudável. Ele quer me ter nas mãos, me controlar novamente. Diz me amar e me querer de volta. Todo santo dia ele se declara, dizendo o quanto está arrependido por tudo.

Toda vez ele sai da casa revoltado e nervoso, batendo nas coisas. Mas me deixa sozinha, e eu sempre me sinto aliviada. Até hoje.

Nossa rotina é alterada quando Martin acorda cedo e vai direto à cozinha. Ouço as panelas batendo, os talheres sendo jogados de um lado para o outro. Obviamente, estou acordada, como fiquei a noite toda, meus olhos alertas.

Demora um pouco, mas, quando me dou conta, ele está ao meu lado, uma bandeja na mão, repleta de comida. Confesso que é difícil não encarar, não salivar. Estou comendo tão pouco ultimamente, apenas o suficiente para que ele me deixe em paz. Meus olhos brilham ao ver tanta coisa boa. E o cheiro está delicioso também.

Com muita força de vontade, viro o rosto, recusando. Ele continua ao meu lado e diz:

— Coma. Em algumas semanas, partiremos deste lugar. Vamos para bem longe, e você precisa de forças para encarar a viagem. Além disso, estou perdendo a paciência.

Essa declaração me faz virar a cabeça tão rápido que sinto tontura. Por um momento, minha vista escurece e penso que vou desmaiar. Mas a vertigem vai embora, e recebo uma nova onda de determinação.

Não posso partir. Tenho certeza de que, se sairmos deste lugar, ninguém jamais me achará de novo. Ainda tenho esperanças. Davi nunca me deixará sem tentar, mas, ao mesmo tempo, não vejo como ele pode me achar ou me resgatar.

Por isso, resolvo arriscar:

— Por que vamos embora? Para onde vamos?

Minha voz, depois de todo esse tempo sem falar, sai rouca e baixa, minha garganta arranhando ao emitir as palavras.

— Este lugar não te faz bem. Você quase não come, não dorme e não fala.

Minha mente confusa quase não compreende as palavras. Ele realmente acha que tudo isso é causado pela casa e não por ele, por esta situação toda? Martin enlouqueceu.

— Está vendo? — acrescenta. — Você nunca vai melhorar se continuarmos aqui.

Para o meu horror, ele tenta se inclinar para mim, ameaçando me beijar, a bandeja pendendo em uma das mãos. Arrasto-me pelo sofá, evitando seu contato, afastando-me num canto. Seus olhos mudam no exato momento. Vejo fúria, raiva e mágoa, antes de ele jogar a bandeja do outro lado do cômodo, fazendo-a bater na parede e se espatifar no chão, espalhando comida e bebida.

— Pare com isso! — ordena. — Estou cansado. Tem de se acostumar de novo comigo. Até agora, eu estava sendo paciente e compreensivo, porque entendo suas reservas. Mas não tem escolha, Live. Sou a sua única saída agora, e não te deixarei me enganar de novo.

A máscara finalmente está caindo. Sua postura de bom moço, arrependido e bonzinho, não passa de encenação. Desde o começo eu sabia, mas ele estava fingindo tão bem que quase acreditei. Isso não quer dizer que pensei em perdoar, mas, no fundo, eu até estava com *pena* dele, achando que a sua loucura era real.

Agora, eu vejo tudo o que ele estava escondendo, toda a realidade. Ele está mais instável e possessivo que nunca. Por um tempo, eu achei que tudo tinha a ver com drogas e dinheiro. Achei que ele precisava de mim para que seu negócio obscuro prosperasse, que eu era um meio para o fim. Depois, inclusive quando ele tentou me matar, achei que ele estava tão drogado que não sabia o que estava fazendo direito.

Enganei-me de novo. Não totalmente, mas em parte. Ele estava drogado naquele dia, mas não foi isso que o fez atirar aquela faca. Sabia que eu era uma boa distração, mantendo as aparências e fazendo as pessoas acreditarem naquela sua imagem de bom moço. Mas também me queria porque eu era controlável e submissa, embora eu jamais admitisse ser obediente. Era involuntário.

Eu gostava da proteção que ele me dava. Gostava da atenção e da dedicação, de fazer parte de alguma coisa, de ser necessária. Isso me fez fechar os olhos e não querer ver o que estava na minha frente: que ele era errado em tantos níveis que um dia eu me arrependeria. Sabe quando você tenta se enganar, arrumando desculpas esfarrapadas e pouco convincentes para justificar seus atos? Era isso que eu fazia, e fiz por um bom tempo, até receber aquele choque de realidade e me tocar que ele, simplesmente, não gostava de ninguém além de si mesmo.

Novamente, ele estava sendo manipulador, usando táticas e artifícios para me enganar. Mas o que ele não sabia era que eu tinha mudado. Ao ser Savanah por tanto tempo, aprendi a esconder sentimentos, fechar-me em mim mesma, não demonstrando nada. Também me tornei mais forte, quando a minha realidade mudou drasticamente, obrigando-me a ser uma sobrevivente. E o que mais me fez mudar foi Davi, ensinando-me novamente a amar e superar o passado, mas, principalmente, ensinando-me a *lutar* com unhas e dentes.

Portanto, lutarei por mim mesma e por nós dois. Quero um futuro com Davi, e não desistirei até conseguir.

•

Depois que Martin teve aquele rompante mais cedo, não o vi pelo resto do dia. A comida continuava jogada no chão e escorrendo pela parede, mas não fiz questão de me preocupar.

A noite chega e já não sei o que esperar. Será que Martin se cansou de bancar o bonzinho e vai retirar de uma vez a máscara que está usando? Ou será que continuará com o joguinho, tratando-me com paciência e compreensão?

Quando ele entra pela porta e se aproxima, percebo que está mais agitado do que o normal. Olha de um lado para o outro, os olhos vermelhos e arregalados, como se não visse nada pela frente. Quando finalmente me encara, parece furioso. Sinceramente, eu não esperava por essa reação, mas me preparo para o que virá.

Ele caminha até mim, agarra meu pulso, um aperto forte que me faz encolher, e me levanta do sofá bruscamente. Levanto-me tropeçando, quase caindo para a frente com a brutalidade. Mas meus pés logo se firmam, e o encaro, controlando meu medo e tentando mostrar todo o desprezo que sinto.

— Cansei, Live! — afirma. — Vamos começar a fazer as coisas do meu jeito, já que você não está colaborando.

As palavras saem meio enroladas, como se ele fizesse um grande esforço para compor uma frase completa. Seu cheiro é uma mistura nojenta de maconha e álcool, e só quero levantar a mão e tapar o nariz, afastar-me dele, tomar o máximo de distância possível. Mas, quando faço menção de me afastar, suas mãos são mais rápidas, controlando meus movimentos. Ele se aproxima mais, seu nariz colado ao meu, suas palavras fazendo eco nos meus ouvidos.

— Quero saber onde está aquele pen drive, e você vai começar a falar agora. Depois disso, nós podemos seguir com a nossa vida, e vamos embora para bem longe. Mas, antes, tudo tem de ser destruído.

— Não sei onde está.

A frase sai com pouca convicção, mas não me importo. Negarei até o fim. Não estou preocupada comigo, já que meu fim parece certeiro e imutável. O que me preocupa são as pessoas que eu amo e que estão envolvidas demais nesta história: minha mãe e Davi.

Eu não sei se o pen drive está na biblioteca ainda ou se Davi o pegou. Mas sei que, na busca pelo poder, Martin irá atrás deles, armas na mão, para conseguir respostas.

Ficar aqui com ele servirá para alguma coisa, pelo menos: mantê-los seguros.

— Pare de mentir! — ele grita e me chacoalha ao mesmo tempo, fora de si. Aguento firme, mas estou fraca e instável, por isso minhas pernas fraquejam. Sinto-me tonta de novo, o mundo à minha volta escurecendo.

Martin parece tomar fôlego. Respira e pensa. Mantém-me de pé e fala entredentes:

— Primeiro passo: você precisa de um banho. Faz uma semana que você está aqui e estou começando a me incomodar com o cheiro. Depois, vamos conversar.

Aquele sorriso de sempre, que me causa arrepios, aparece novamente. Provavelmente, estou prestes a descobrir o que é sofrer de verdade. Ser torturada, talvez? Ser morta? Ameaçada? Não posso imaginar, mas sei que Martin é capaz de qualquer uma dessas coisas.

32

DAVI

Eu contava os minutos. Os segundos. Cada movimento me assustava. Cada pensamento me enraivecia. Cada toque do telefone fazia meu coração pular no peito, descompassado. Com os nervos à flor da pele, qualquer pessoa me deixava desconfiado.

Mas, hoje, mantenho-me estranhamente tranquilo. Estou na estrada. Caminhonete ligada, vidros abaixados. Mas não venta. Claro que não. O calor, insuportável como sempre, associado ao nervosismo, faz-me suar como nunca. Lembro da implicância de Live por eu tomar café no calor.

Este pensamento me faz rir, mas o sorriso logo se transforma em um choro desesperado. Sim, eu estou chorando pela minha garota. Já faz duas semanas desde que Live sumiu. Pensar nela dói. Pensar pelo que ela possivelmente está passando me mata aos poucos.

Nunca fui uma pessoa vingativa ou rancorosa. Pelo contrário. Sempre achei que o perdão liberta, que o amor é sempre o melhor remédio. Porém, não mais. Recentemente descobri que pessoas más acabam nos influenciando. Deixam suas marcas em nós, pessoas boas, transformando, apodrecendo e escurecendo partes de nossa alma. Quando nos damos conta, estamos ansiosos pelo sangue, pelo terror, pela vida a ser tomada. Quando vemos, estamos, no meio do nada, esperando para fazer um trato com pessoas tão ruins quanto nossos inimigos. E estamos tranquilos com nossas decisões, porque nenhum outro desfecho é o suficiente para aplacar a nossa dor.

Vejo quando os carros se aproximam. Três no total, todos blindados e com vidros escuros. Quando param próximos a mim, cercando-me, minha mão começa a suar. O motivo que me trouxe até este momento é a seguinte questão: o que seria melhor do que fazer negócio com o maior rival de Martin e sua gangue? Quem poderia ter mais interesse em combatê-los e derrotá-los, senão aqueles que disputam seu território há anos?

Um homem baixo desce do primeiro carro, escoltado por não menos que seis seguranças armados. Usa um terno chique, sapatos engraxados; tem uma postura exemplar, como se fosse um empresário tratando de negócios lícitos.

Ao estender a mão para mim e se apresentar, diz:

— Você deve ser Davi. — Olha em volta. — Muito bem, você veio mesmo sozinho. Meu nome é Lion. Falemos de negócios. Venha, entre no carro.

Eu o sigo sem pestanejar; afinal, que escolha tenho? Assim que nos sentamos no espaçoso banco de trás, Lion volta a falar:

— Espero ter entendido direito o seu recado. Você tem pistas de Martin e sua gangue?

— Sim. — *Mais ou menos*, penso. — Há duas semanas, ele sequestrou minha namorada. Ela tem provas de um ataque protagonizado por Martin. Desconfio de que ele queira muito recuperar essas provas.

— Entendo. O que exatamente você gostaria que eu fizesse?

Lion não parece ameaçador, mas não é amigável também, o que faz sentido. Pelo que pude descobrir através de vários contatos, é o maior vendedor de drogas das universidades em todo o país. Martin era seu braço direito alguns anos atrás. O que aconteceu, basicamente, é que Lion confiou demais em Martin, deixando-o cada vez mais sozinho para tratar das vendas com os estudantes. Martin usou do seu charme e do poder que tinha para trair Lion, roubar seus usuários e fazer seu próprio negócio, que cresceu e prosperou em níveis avassaladores.

Agora são rivais, mas Martin possui a maior parte das vendas, deixando pouco espaço para o ex-amigo. Obviamente, Lion não tem chance de desbancar Martin enquanto ele atua nas vendas dentro das faculdades. Chamar atenção não é o que quer. O que lhe interessa é retomar o posto que lhe foi roubado.

— Tenho uma ideia de onde Martin pode estar — afirmo. — Preciso que você me ajude a resgatar minha namorada. Não posso envolver a polícia, é muito arriscado. E, obviamente, nem em mil anos eu poderia acabar com ele sozinho.

— E qual é a localização dele?

Essa é uma questão delicada. Não tenho a localização, não exatamente; mas tenho uma ideia. É claro que não pude ficar parado esse tempo todo em que Live esteve desaparecida. Não poderia atacá-lo, mas poderia fazer o que faço melhor: procurar. Não é uma cidade grande, por assim dizer, então não foi difícil perceber os rastros. Tive ajuda, também. Meus amigos foram cada um para um lado da floresta que rodeia a estrada principal.

Depois de dez dias sem nenhuma pista, finalmente encontrei um trecho que, à primeira vista, passaria despercebido. Mas não para mim. Vi o buraco irregular na terra batida e seca. Um pedaço estranhamente limpo, sem árvores nem troncos caídos. Um caminho. Quando desci do carro e fui um pouco mais fundo, também vi uma pequena estrada de terra, larga o suficiente apenas para um carro passar, mas estava lá. Quase imperceptível, ladeada por árvores dos dois lados. Apesar de andar por quase uma hora mata adentro, não encontrei nenhum sinal de vida. Nenhuma casa, barraco ou galpão. E, quando a estrada se dividiu em três caminhos, desisti.

Perder-me ali não ajudaria Live. Naquele instante, percebi que precisava de reforços. E aqui estou eu, negociando a vida de Martin pela vida de Live. Sem dúvidas, Lion o matará quando o vir. É o que eu espero.

Quando conto o que descobri, espero uma risada estrondosa e debochada. Afinal, se me ajudar, estará apostando no escuro, confiando em um estranho. Mas ele me olha atentamente, buscando indícios de uma possível traição. Não encontra nenhum, então suspira pesadamente, os olhos escuros com uma pitada de empolgação e uma dose maior de ameaça.

— Olhe, Davi, entendo a sua situação, mas você tem de entender o risco que estou correndo. Primeiro, porque você não tem certeza da localização; tem apenas uma pista.

Interrompo-o antes que ele possa completar o pensamento. Não posso correr o risco de que ele diga não. Preciso convencê-lo.

— Espere. Tem mais uma coisa. Sabe o pen drive que eu disse conter provas contra Martin?

Lion apenas balança a cabeça em sinal de confirmação. Respiro fundo e continuo:

— Estou com ele. Mesmo que algo dê errado e você não o pegue, você tem uma arma maior contra Martin. Ele vai entregar qualquer coisa que você quiser em troca do pen drive.

Aposto que ele vai entregar o negócio inteiro para você, se você lhe oferecer o que eu tenho.

— Sim, sim. Esse é um bom plano "B", Davi. Mas, mesmo assim, não é uma garantia boa o suficiente. Você está me oferecendo um pen drive cheio de fotos que podem, ou não, fazer Martin ser preso. É um risco enorme de morrer, junto com os meus homens, apenas para salvar a sua namorada. O que eu ganho com tudo isso?

— Vingança.

Uma palavra. Uma única palavra que significa muito. Pessoas como Lion não vivem pelo dinheiro apenas. Buscam poder. O poder dele consiste em derrotar Martin.

Sei que concorda comigo quando, lentamente, exibe um sorriso e estende a mão.

— Fechado.

33

LIVE

O BANHO É GELADO E MEUS DENTES BATEM ENQUANTO TENTO, SEM sucesso, me lavar. Apoiada na parede encardida do banheiro para manter o equilíbrio, tento me preparar para o que virá. Só o tormento de estar aqui, à mercê de Martin, é tortura o suficiente.

Eu não sou fraca, mas não acho que aguentarei uma sessão de pancadas, choques ou seja lá o que for que fazem para arrancar respostas à força de alguém. Gostaria de acreditar que Martin não seria capaz de algo assim, mas sei que, para se manter seguro, ele o fará. Acredito que, se ele estivesse com o pen drive, já teria me matado.

Obrigo-me a terminar o banho, pois não sei quanto tempo ficarei sem tomar outro, ou até se terei essa chance. Talvez seja a minha despedida. Uma despedida de merda, para falar a verdade. Se pelo menos fosse um banho quente, ou uma última refeição, como no corredor da morte, eu me sentiria melhor.

Ao sair, nenhuma toalha à minha espera. Ao menos, minhas roupas sujas estão aqui. Visto-as e saio do banheiro, preparada. Martin me espera, andando de um lado para o outro no corredor. Não tenho tempo de parar e sou arrastada para uma parte da casa que eu nem sabia que existia: um quarto pequeno, um colchão surrado no chão e um cheiro de mofo permeando o ar. Resisto quando ele me empurra para dentro e acabo caindo no chão. Uma dor percorre a lateral do meu corpo; mesmo assim, apoio as mãos no chão e me levanto.

— Você deveria ter comido quando ofereci — diz Martin —, porque agora você terá de implorar. Cansei de ser bonzinho.

Sua voz não tem nenhum resquício de humanidade. Está fria, monótona e calma. Como quem pronuncia uma sentença. Mas sua atitude não é surpresa para mim. Imaginei que seria a primeira coisa que ele tiraria de mim. Posso sobreviver semanas sem comida, sei disso. Mas, como meu corpo está fraco, será mais difícil.

Talvez ele me mate de fome. Não é a pior coisa que pode acontecer, se eu pensar na situação completa. Se ele apenas me trancar aqui e abandonar a casa, ninguém me encontrará e poderei morrer em paz. Quero dizer, não tenho ideia de como é morrer de fome, e imagino que não seja nada legal, mas deve ser melhor do que ser torturada e *depois* morta. Disso tenho certeza.

— Bem-vinda à sua nova casa. — Faz um gesto com as mãos, como se me apresentasse ao lugar. No canto, há algum tipo de penico, o que é bom e ruim ao mesmo tempo. Imagino o cheiro que impregnará o quarto depois de alguns dias. Isso não é nada animador, mas pelo menos não terei de fazer nada nas calças.

Ainda estou com frio, então ando até o colchão e me sento, levando os joelhos ao peito e encostando o queixo ali. Minha mente está enevoada; meus olhos ardem de sono.

— Aproveite enquanto pode. Já, já voltarei.

Com teatral suavidade, sai do quarto.

•

Depois de horas ou apenas minutos, a porta se abre devagar. *Quase com cuidado demais.* Com o clarão vindo do corredor, meus olhos não se acostumam rápido o bastante à claridade depois de tanto tempo no escuro, e descubro, de uma maneira nada agradável, que é Martin. Não tenho tempo de sair do lugar antes que um balde inteiro de água gelada seja jogado em cima de mim. Engasgo, sufocada pela água que entra por meu nariz e por minha boca.

É difícil respirar. Meus ossos parecem congelar, e minha cabeça fica pesada. Minhas mãos e meus braços começam a ficar dormentes quase que imediatamente.

A porta é aberta de novo; ele sai carregando o balde e deixando para trás uma poça de água. Meu colchão, antes seco, agora está ensopado, impossível de usar. Arrasto-me para o lado, saindo de onde estava e encostando o corpo na parede oposta, enrolando-me o máximo que posso, tentando, em vão, manter-me aquecida.

A noite foi horrível. Não consegui dormir, os dentes batendo. Neste quarto fechado e úmido, minhas roupas permanecem molhadas, mesmo quando o sol começa a entrar pelas frestas da janela. A dormência agora se espalha por todo o meu corpo, e isso é bom. Ao menos o frio passou. Mas imagino que possa ser um mau sinal. A dormência, quero dizer.

Não que eu me importe. A porta se abre, apenas uma fresta. Uma garrafa de água é jogada aqui dentro. E só. Obedientemente, arrasto-me para pegar a água e tomo um pouco. Não tudo, já que não sei quando terei outra. Não confio nas minhas pernas o bastante para me levantar. Parece que meus ossos derreteram e já não fazem parte do meu corpo.

O colchão ainda está molhado, mas o coloco em uma parte seca do pequeno cômodo. Sento-me e espero.

•

Meu estômago está oco. Consigo quase sentir meus órgãos se mexendo à procura de comida. Mas não há nada. Um enjoo insistente me persegue desde cedo. A falta de comida está me afetando mais do que pensei. Apenas dois dias sem comer, e sinto-me prestes a desmaiar a qualquer momento.

Controlo-me para não vomitar. A cada vez que imagino o cheiro de vômito velho pelo quarto, o enjoo só aumenta. Então, engulo em seco várias vezes, concentrando-me e mantendo a cabeça limpa. Preparo-me para a hora em que ele voltará. Parecendo ler meus pensamentos, a porta se abre, trazendo a claridade do corredor. Desta vez, Martin traz uma cadeira e várias abraçadeiras do tipo "enforca gato", aquelas tiras plásticas que não se soltam por nada.

Estremeço só de ver. Coloca a cadeira bem na minha frente e senta-se calmamente. Apoia os cotovelos nos joelhos, aproximando seu rosto do meu. Afasto-me o máximo que posso, quase me enterrando na parede às minhas costas. Ele apenas suspira, cansado do joguinho.

Infelizmente, parei de jogar há muito tempo. O que estou fazendo é para valer, e agora minha decisão de manter a boca fechada foi tomada.

– Então, Live. Já está pronta para falar?

Não respondo. Mas ele percebe meus dedos tremendo, as pontas enrugadas do "banho". Isso acende mais ainda sua determinação. Aponta para a porta, onde repousa um cobertor. Meus olhos se enchem de lágrimas. Lágrimas de raiva, de medo, de *vontade*. Sinto vontade de entregar tudo o que sei – o que não é quase nada e provavelmente serviria apenas para ele me matar mais cedo, o que é preferível a isto –, mas mantenho a boca fechada. Ou tento, enquanto meu lábio inferior treme.

– Se é isso o que quer, tudo bem. Sabe que posso fazer isto por muitos dias, não sabe?

Minha cabeça está confusa. Será que ele pretende me matar de pneumonia ou algo assim? Outro banho gelado seria insuportável.

Mas ele se levanta da cadeira, segura-me pelos ombros sem esforço nenhum e me coloca sentada. Entro em alerta máximo, o enjoo agora quase insuportável. Observo enquanto, sem pressa, ele pega as "algemas" e se aproxima.

Enquanto segura uma das minhas mãos, começa a explicar, como se estivesse dando uma aula e eu fosse sua aluna, não sua prisioneira:

– Sabe, uma das coisas que a gente aprende nesta vida de tráfico é como tirar informações de alguém. Primeiro passo: privação de comida.

Com isso, já prendeu meu pulso direito no encosto da cadeira, dobrado em uma posição desconfortável.

– A fome leva à confusão mental e ao desespero, e as pessoas mais fracas costumam ceder depois de um ou dois dias.

Agora, meu outro pulso também está preso. Já sinto meus braços formigando, e sei que daqui a pouco não sentirei os dedos.

– Segundo passo, para pessoas que resistiram ao primeiro: frio. Eu, particularmente, odeio sentir frio. E você, Live? O frio, assim como a fome, causa uma confusão mental e um desespero tão grande que as pessoas costumam enlouquecer.

Nossa pele fica tão fria que a temperatura congelante chega aos ossos. Mas parece que você aguentou bem, apesar de ainda estar um pouco gelada.

Martin fala tão calmamente, mas ainda assim suas palavras me causam arrepio. Então, ele começa a amarrar minhas pernas nos pés da cadeira. Estou entrando em pânico. Ser amarrada é a pior coisa que ele poderia fazer.

— O terceiro passo, como você deve estar percebendo, é cortar os movimentos. Você sabia que, depois de vinte e quatro horas sem movimento, o corpo começa a falhar? Seu sangue para de circular pelos membros, causando uma dor terrível. É agoniante.

Ele termina de me amarrar e se afasta. Olha-me como quem admira uma peça de arte. Ele está satisfeito com seu trabalho, vendo-me nesta situação. Sofrendo.

— Amanhã eu volto. Espero que já tenha as respostas de que preciso. Eu realmente não gostaria de mantê-la aqui por mais de um dia.

Não acredito nele. Claro que não. Ele está adorando esta situação, enquanto eu tento, mais do que tudo, não enlouquecer.

34

DAVI

Chegou o dia. Finalmente. Estou na mesma caminhonete, no mesmo local da estrada em que encontrei Lion aquele dia. E estou tão nervoso quanto naquela ocasião. Apreensivo. *Aterrorizado.* Claro que tenho medo por mim, de morrer na tentativa de resgatar Live. Mas meu maior medo é do que encontrarei quando chegarmos lá. Se chegarmos a encontrá-los, não consigo imaginar como Live estará e pelo que ela pode ter passado.

E pior, se realmente conseguirmos sair de lá, por um milagre, será que vamos superar este episódio? Será que algum de nós conseguirá seguir em frente depois de tudo isto? Ou será que nossa vida estará perdida, este trauma enraizado em nossos futuros?

Espero que, juntos, possamos seguir em frente.

Está escuro, já que concordamos que é a melhor hora para atacar. Na verdade, Lion e sua equipe atacarão. Entrarei sorrateiramente e tirarei Live de lá. Depois, Lion estará por conta própria. Ele não me disse o que pretende fazer com Martin, e não ligo.

Vejo os mesmos carros de antes se aproximando, os faróis apagados, quase desaparecendo na estrada. Porém, desta vez, mais carros estão seguindo o primeiro, parecendo um comboio, e não consigo nem contar quantos veículos estão aqui.

Quando o primeiro carro estaciona, desço sem hesitar, sabendo que Lion está lá dentro. Sento-me no banco de trás e cumprimento Lion com um aceno de cabeça. Ele faz o mesmo.

— Está preparado? — Lion pergunta, um tom provocativo em sua voz.

— Não vejo a hora de estar com a Live novamente.

— Entende todos os riscos, não é? Não sou responsável por você ou por ela. O meu papel é pegar o Martin e, se tudo der certo, vou distraí-lo para você resgatá-la.

— Entendo. É só isso que eu espero de você. E já sou muito agradecido.

— Não seja agradecido. Não estou fazendo isso por você.

Engulo em seco e prefiro não responder. Lion não é do tipo que faz favores e deixou isso claro para mim desde o começo. O que espero é somente que ele cause uma distração boa o bastante para que eu consiga sair de lá com ela.

— Ah, Davi. Uma última coisa. — Lion me chama quando estou prestes a abrir a porta e voltar para minha caminhonete. — Preciso daquele pen drive. Por precaução.

Seu sorriso é cauteloso, como se estivesse pronto para atacar, caso eu recuse entregar o pen drive. Claro que não farei isso. Tudo o que está em jogo é muito mais importante, e, no momento, apesar de saber que tipo de pessoa Lion é, talvez igual a Martin ou pior do que ele, preciso desse sujeito.

— Sim, claro. Ele está aqui.

Coloco a mão no bolso e, com certa relutância, entrego o pen drive. Espero que, quando tudo isso acabar, Live me perdoe por entregar a única prova que tínhamos de tudo o que Martin fez com ela. Espero que isso não importe tanto quando ela estiver segura, sem se preocupar que Martin a encontre.

— Você vai seguir atrás deste carro. Meus homens vão na frente, a pé, para não causar estardalhaço. Queremos discrição, ao menos para o ataque inicial. A surpresa é essencial neste caso.

Concordo, porque não tenho outra opção, e muito menos uma ideia melhor de como fazer tudo isso. Desta vez, decido que está na hora de tomar um pouco de coragem.

— Quando eu pegar Live, vou sair imediatamente — comunico. — Não conte comigo para mais nada.

Espero não ter sido grosseiro demais, mas não se trata de favores. Trata-se de vingança para Lion. Para mim, trata-se de vida ou morte.

Ele levanta a sobrancelha, parecendo um pouco surpreso, mas não nervoso. Acho que já esperava por isso. Eu nunca disse que participaria desta operação para outra coisa que não fosse resgatar Live. E ele sabe que eu não faço parte desta vida.

— Esse é o plano. Mas tem uma coisa. Não importa o que aconteça, Martin é meu. Você não tem permissão para matá-lo. Se for preciso, pode machucá-lo, mas só isso. A morte dele vai acontecer no meu tempo, do jeito que eu achar que deve acontecer. Ele precisa sofrer um pouco.

Precisa mesmo. Mas, ainda que meu desejo de vingança arda nos meus ossos e na minha pele, impulsionando-me, gosto da ideia de sair disso com as mãos limpas. Ou o mais limpas que possam permanecer numa situação como esta. Não gostaria de matar ninguém, mas não nego que gostaria de vê-lo morto.

•

A estrada segue infinitamente dentro da mata fechada. Agora que estou aqui dentro, consigo perceber como ele foi esperto trazendo-a para cá. É perto o bastante para que ninguém desconfie do seu paradeiro. Ao mesmo tempo, é tão escondido que é quase impossível encontrar o lugar, a não ser que alguém o procure muito atentamente. E eu estava desesperado, então acabei encontrando-a. Graças a Deus esta é a estrada certa, porque, se não fosse, não sei o que Lion faria comigo.

O carro anda tão devagar que me deixa mais ansioso. Já que estamos acompanhando os homens que vão na frente, a pé, temos de seguir devagar. *Devagar demais.* Quanto mais tempo se passa, mais tempo Live fica nas mãos de Martin, sofrendo sabe-se lá quais abusos.

Minhas mãos suadas escorregam no volante. Limpo-as na calça, antes de olhar pelo retrovisor pela centésima vez. A floresta é fechada ao nosso redor. Sufocante e ameaçadora. Mas minha mente está focada na estrada; memorizo cada possível rota de fuga. Finalmente, depois do que parece uma eternidade, paramos o carro. Cem metros à nossa frente, vejo uma clareira onde repousa uma pequena cabana de madeira. Parece abandonada, mas sei que não está. Sei que os guardas de Martin estão bem posicionados em volta, vigiando o lugar.

Vou até Lion, que está parado ao lado do seu carro, dois guardas às suas costas. Ele se aproxima de mim e fala baixo, embora ninguém possa nos ouvir a esta distância:

— Meus homens serão sorrateiros e acabarão com os guardas antes de sequer chegarmos à casa. Ninguém usará armas de fogo, por causa do barulho. Não queremos alertar Martin da invasão. Tentarão ser rápidos e discretos, mas nunca se sabe. Só vamos nos aproximar quando o perímetro estiver livre.

— Certo — respondo com um sussurro e me encosto no carro, aguardando.

Fecho os olhos e penso em Live, nos nossos momentos juntos, na sua risada e na sua cara de brava, e me pego sorrindo, ansioso pelo momento em que a reencontrarei.

O tempo passa lentamente; tentando encontrar o último fio de esperança que possuo, aquela força que dizem que todo mundo adquire quando a necessidade exige. Apegando-me ao desejo de vê-la e tocá-la, de passar o resto dos meus dias ao seu lado.

Quando dou por mim, Lion me cutuca, deixando-me em alerta máximo. Sei o que ele vai falar antes mesmo que pronuncie as palavras.

— Tudo pronto. Eles foram rápidos.

— Estou pronto.

— Davi, só mais uma coisa.

Lion me segura antes que eu possa começar a andar. Estende-me uma arma pequena, leve, carregada. Sinto um calafrio na espinha. *Este* não sou eu, mas, de novo, não tenho escolha.

— Você sabe atirar? — pergunta.

— Sim.

Apesar de não ter prática, aprendi a atirar. Pode ser muito útil agora, mas espero não ter de usar uma arma.

— É só por precaução. Não se esqueça: se tiver de atirar, não atire para matar.

— Só quero a Live — afirmo. — Depois de pegá-la, sairei o mais rápido que minhas pernas aguentarem, e nunca mais o verei. Ainda assim, sou agradecido a você.

— Mas quem sabe nossos destinos não se cruzem novamente? Nunca se sabe.

Aceno com a cabeça, porém espero não o ver nunca mais. Sou realmente agradecido, mas ele esconde muita sujeira. Mais sujeira do que estou disposto a aguentar.

•

A floresta à nossa volta fica para trás quando chegamos à clareira. Agora consigo enxergar mais nitidamente a casa. Percebo as tábuas de madeira nas janelas. Este lugar foi feito para manter alguém preso do lado de dentro, e me sinto naqueles filmes de terror de má qualidade.

O suor gruda na minha pele, quase me sufocando, mas tento manter a calma. Sinto que precisarei de todas as minhas forças quando chegar lá dentro. A arma pesa na minha cintura, lembrando-me de tudo o que está em risco aqui, de tudo o que posso perder, ou ganhar, dependendo das decisões que eu tomar.

Olhando para o lado, vejo que Lion não parece mais o traficante bem protegido e cuidado, cheio de seguranças ao redor. Agora, enquanto caminha, cauteloso, mas determinado com a arma em punho, pronto para atacar, percebo o quanto ele parece perigoso. Logo a clareira está tomada pelos seus homens, todos armados e apenas esperando as ordens para atacar.

Decido ir pelos fundos, a melhor chance de encontrar Live sem que ninguém perceba. Descubro que existe apenas uma janela, que provavelmente é do quarto. Espero que Live esteja ali. Começo a puxar as tábuas, torcendo para que não estejam tão firmes quanto parece.

Infelizmente, não tenho sorte. Todas estão pregadas, e, por mais que eu me esforce, não se mexem. Começo a procurar em volta por qualquer coisa que sirva como alavanca. Um pedaço de pau ou ferro, se eu der sorte. Nada encontro.

Sem opção, aplico toda a minha força e começo a puxar tábua por tábua, minhas mãos esfoladas e já sangrando, mas não me importo. Só continuo focado na tarefa de abrir aquela janela. Um tempo depois, já suado e sem fôlego, finalmente abro um espaço grande o suficiente para entrar.

A princípio, está tudo tão escuro que acho que o quarto está vazio. A decepção me atinge como um soco, mas respiro fundo. Arrependo-me imediatamente. O cheiro de mofo e sujeira me atinge e me faz engolir em seco. Olho ao redor do quarto, desta vez já acostumado à escuridão.

Meu coração para quando, num canto, avisto um colchão surrado e uma pessoa encolhida em cima. Ela está virada para a parede, o corpo tão enrolado que parece minúscula, e, mesmo sem ver seu rosto, sei que é *ela*. Corro até lá, caindo de joelhos e virando seu corpo para mim.

A primeira coisa que noto é o quanto ela está gelada. Entro em pânico ao sentir sua pele fria. Fico um pouco mais aliviado quando, em seguida, um tremor atravessa seu corpo, confirmando que está viva. Mas, assim que viro seu corpo, minha raiva e minha tristeza se acumulam, fazendo-me querer matar alguém. Matar *ele*.

Começando pelos pulsos, eles estão num tom de roxo esverdeado, como se tivessem ficado muito tempo presos. Os tornozelos estão da mesma forma, o que só pode significar que ela ficou amarrada. Estou com medo de olhar para seu rosto. Talvez eu não seja capaz de lidar com isso, como imaginei que seria. Tudo o que eu queria era ser forte o bastante por nós dois, mas, agora, tudo isto está me atingindo com uma força terrível.

Os lábios de Live estão azuis, assim como as pálpebras, que, felizmente, tremem um pouco. Outra coisa que percebo de imediato é que ela está muito mais magra. Sinto seus ossos nas minhas mãos, e ela parece fraca, frágil, pronta para se despedaçar.

O choque do momento me deixa paralisado. Eu deveria estar agindo o mais rápido possível, tirando Live daqui. Mas estou parado, olhando para ela, sem acreditar que essa garota, deitada nesse colchão imundo, é a mesma que estava comigo algumas semanas antes.

Cheia de vida, uma lutadora; agora, quase morta num quarto minúsculo e nojento, cheia de machucados, sofrendo e sozinha.

— Live.

Nada. Nenhuma resposta. Repito, agora com a voz mais forte:

— Live. Sou eu, Davi. Está me ouvindo?

Nada ainda, mas sinto seu corpo reagindo ao meu toque, tentando se aproximar.

Ela geme baixinho quando começo a puxá-la para mim. Quando abre os olhos, estes parecem embaçados e sem foco. Perdidos. Mas, quando me vê, seus lábios tremem e seus olhos se enchem de lágrimas.

— Davi... Você veio... Eu sabia que você viria...

— Claro que eu vim. Eu nunca desistiria de te encontrar.

Ela não responde, mas suspira, aliviada, como se me ver fosse a melhor coisa que já lhe aconteceu. Eu estou tão aliviado e feliz por vê-la que não percebo a porta se abrindo e fechando silenciosamente.

O que me alerta para a presença de outra pessoa no quarto é o clique de uma arma, muito próxima de mim. Congelo no lugar, mas me posiciono de modo a esconder Live de qualquer ameaça. Eu sei quem é; mesmo assim, viro-me, encarando a última pessoa que gostaria de ver. O causador de todo o sofrimento.

— Olá. Você deve ser o Davi. Live falou muito de você.

Minha raiva me impulsiona a me levantar e encará-lo, ignorando a arma apontada bem na minha direção.

— Ela o chamava o tempo todo. Mas você não vinha. Acho que ela perdeu a esperança.

Martin tem um sorriso ameaçador no rosto. Por mais que eu queira parecer forte, suas palavras me abalam. Live precisou de mim, e eu não estava por perto.

— Seu... *desgraçado!* Não se atreva a falar dela.

Meus dentes estão trincados, e minhas palavras mal podem ser ouvidas. Mas seu sorriso apenas aumenta, e ele parece se divertir com toda esta situação.

— Você não vai sair desta — prossigo. — Acha mesmo que vai escapar?

— Sinceramente, acho, sim. Afinal, é preciso ser muito tolo para vir aqui sozinho pensando em me derrotar. Sinto muito, mas você não será o herói dela — ele responde, apontando a arma para Live.

Mal sabe ele que eu nunca viria sozinho. Seria mesmo uma tolice, e eu não poderia arriscar. Martin está prestes a descobrir que seus planos estão indo por água abaixo, e eu quero muito assistir à sua queda de camarote.

Mas a arma me preocupa; afinal, o mínimo que posso fazer por Lion é deixar sua recompensa intacta. *Ou quase.* Não faria mal machucá-lo um pouco. Por isso, levanto-me e me aproximo bem devagar, mas me mantenho próximo de Live, protegendo-a.

Desta vez, quem sorri sou eu, mas não há nada de agradável neste sorriso.

— Você vai se arrepender tão amargamente de ter entrado na vida dela e na minha. Está prestes a se arrepender de ter mexido conosco.

Minhas palavras parecem atingi-lo, porque ele desvia os olhos de mim, encarando a porta, esperando encontrar alguém ali. Esse foi seu erro. Em segundos, agarro seu punho e o torço, fazendo a arma cair no chão. Ele dá um grito de surpresa e tenta pegar a arma de novo, mas sou mais rápido. Meu braço está ao redor do seu pescoço, o aperto inquebrável. Eu poderia matá-lo se quisesse. *Eu deveria matá-lo.* Ele com certeza merece. Seu rosto já está vermelho, os olhos arregalados. Dá para perceber seu desespero. Ele não achava que perderia para mim, não esperava por isso.

Com um último aperto, solto um grunhido e o largo. De imediato, ele começa a tossir descontroladamente. Seu peito desce e sobe com rapidez, tentando recuperar o fôlego. Já consigo ver, mesmo no escuro, as marcas roxas se formando onde meu braço apertou.

Quando se recupera um pouco, olha para mim e dá uma risadinha.

— Eu sabia que você não é do tipo que mata alguém. Você não tem coragem. — E continua deitado, a preocupação sumindo aos poucos.

— Continue rindo — respondo. — Vamos ver até quando achará isto engraçado.

Abaixo-me, pego primeiro a arma de Martin e prendo-a à minha calça, garantindo que ele não nos ameaçasse mais. Depois, enquanto ele ainda arfa, cansado e com dor, abaixo-me e pego Live no colo, com o máximo de cuidado que consigo. Ela reclama um pouco, encolhendo-se, mas logo se acalma.

Nesta hora, a porta se abre novamente, lançando uma cor alaranjada no cômodo. Martin parece surpreso, mas não consegue pronunciar nada antes que várias mãos o tirem do chão, as armas já apontadas para sua cabeça, prontas para atirar.

Então ele vê, ao mesmo tempo que eu, quando Lion entra no cômodo, o rosto perfeitamente esculpido em uma máscara de desprezo, a boca torcida em escárnio. Ele tem um pequeno fio de sangue escorrendo do canto da boca. Encara Martin, agora visivelmente abalado, provavelmente procurando seus homens, na vã esperança de que eles o salvem.

Lion o encara, limpando o sangue com a manga da camisa cara.

— Está surpreso, Martin? Pensou que não me veria nunca mais?

Martin não responde, apenas o encara com os olhos cerrados. Depois, volta-se para mim, por cima do ombro, parecendo entender o que está acontecendo. Dou um sorriso cúmplice para Lion, que retribui com um aceno de cabeça.

Vou em direção à porta, prestes a encerrar este capítulo da minha vida. A última coisa que ouço antes de ir embora é Martin gritando. Não paro. Sigo em frente, apertando Live em meus braços.

35

LIVE

Pela primeira vez em dias, não sinto frio. Sinto-me aconchegada e quente, uma sensação tão deliciosa que não tenho coragem de abrir os olhos. Tenho medo do que posso encontrar, medo de ser apenas um sonho, então me aconchego melhor em quem quer que esteja aqui comigo e durmo profundamente.

Quando acordo outra vez, estou com calor – o que é estranho, depois de todo esse tempo. O frio parecia ter se infiltrado em meus ossos. No entanto, percebo que há um peso em cima de mim. Braços e pernas enrolados à minha volta, criando um casulo de proteção. Viro-me devagar, não querendo acordar Davi. Sei que é ele. Seu cheiro gostoso me envolve, suas mãos fazem movimentos ritmados e calmantes nos meus braços. Ele está com os olhos fechados e canta uma melodia suave, que faz meu coração disparar e lágrimas encherem meus olhos.

Não resisto à vontade de levantar minha mão e tocar o seu rosto. Quero uma prova de que ele é real. Seus olhos se abrem de imediato, encarando-me. Como sempre, parecem enxergar minha alma. Eles me entendem de uma forma que nem eu conseguia antes de conhecê-lo. As lágrimas agora correm livres pelo meu rosto, sem controle.

São lágrimas de felicidade, alívio e gratidão. Davi apenas me abraça mais forte, falando suavemente ao meu ouvido, prometendo que, agora, tudo está bem, e que nunca mais estarei em perigo.

A única coisa que consigo pensar é em como o amo, e como estou feliz por ter mais uma chance de viver ao seu lado.

— Eu te amo — digo. — Te amo tanto.

— Também amo você, Live. Você é a outra parte de mim. Você me completa. Pensei que morreria quando não te encontrei.

Percebo que lágrimas também se acumulam em seus olhos, sem que ele faça questão de limpá-las. Parece que precisa disso tanto quanto eu. Colocar para fora todo o desespero acumulado nessas semanas, toda a dor e a mágoa. O alívio está estampado na forma como nos tocamos, garantindo a cada um de nós que o outro é real.

Não me importo com o soro que pinga devagar no meu braço nem com as dores que percorrem meus braços cada vez que me mexo. Sinto-me fraca, mas nada se compara a estar com Davi. Ele me dá a força de que preciso. Foi ele quem não me deixou desistir, embora apenas em pensamento.

Uma batida leve à porta me faz pular, e fico vermelha, um pouco constrangida por ser apanhada nesta intimidade dentro de um quarto de hospital. Mas o médico nos observa com um sorriso no rosto.

— Estou interrompendo? — indaga, entrando e se aproximando da cama.

Davi imediatamente se levanta, enxugando as lágrimas ainda frescas no rosto, e estende a mão para o médico.

— Imagine, doutor. Tem algum problema?

Imediatamente fico tensa. Não me sinto mal, além da óbvia dor dos machucados e da fraqueza pela falta de comida. Mas quem sabe o estrago que posso ter sofrido por dentro? Involuntariamente, agarro a mão de Davi, trazendo-o para perto de mim novamente. Não quero que ele se afaste. Tudo ainda é muito recente na minha cabeça, e não acho que seria capaz de lidar com tudo isso sozinha, assim tão rápido.

— Não. Nada preocupante. Live está com uma leve anemia, e um pouco desidratada, mas vai ficar bem.

Ele pausa e parece um pouco apreensivo, seu olhar alternando entre mim e Davi. Suspira antes de dizer:

— Talvez não seja o melhor momento.

Estou começando a ficar preocupada, e Davi parece sentir o mesmo, pois aperta minha mão um pouco mais forte. Nós dois olhamos para o médico, esperando a notícia. Finalmente o médico suspira outra vez e começa a falar:

— Live, você está grávida. Apenas três ou quatro semanas, no máximo. Apesar de tudo, seu bebê parece saudável.

Estou em choque. Minha boca se abre, depois fecha, e estou sem palavras. Não sei se choro ou pulo de alegria. Um bebê. Eu e Davi teremos um bebê.

Mas aí me lembro do pesadelo do qual acabei de sair e me sinto totalmente despreparada para ter um filho. Sinto-me quebrada e perdida de tantas formas que não sei se serei capaz de cuidar de um ser pequenininho e frágil. Não me julgo capaz de tomar conta nem de mim mesma no momento. Olho para o meu colo, os pensamentos em turbulência.

Mal ouço quando Davi pede ao médico um pouco de privacidade. Ouço a porta bater quando ele sai do quarto, deixando-nos a sós.

Davi se aproxima, mas não tenho coragem de fitar seus olhos. Não sei o que verei quando encará-lo. Tenho certeza de que ele não estava planejando ter um filho agora. Apesar de não ter falado nada, sei o quanto isso tudo mexeu com ele também. Não quero ser um fardo, mas sinto que estou despencando e preciso que ele me segure.

Ele se senta na beirada da cama, ainda segurando minhas mãos. Seu rosto está próximo do meu, pois consigo sentir sua respiração quente fazendo cócegas na minha testa. Mesmo assim, não levanto o olhar. Não o encaro. Pela segunda vez em alguns minutos, começo a chorar. Estou descontrolada e odeio isso, mas não posso evitar. Davi não parece se importar.

Levanta meu rosto, e seus olhos estão cheios de lágrimas, mas há um sorriso inseguro e perfeito esculpido nos lábios.

Esse sorriso desfaz todas as minhas dúvidas. Dá-me esperança e me faz ver este momento da única forma que deveríamos vê-lo: como a segunda chance que tanto merecemos. É o recomeço que sonhamos, e eu estou pronta para cada pedaço desta nova vida.

Epílogo

LIVE

— SAVANAH! VOLTE AQUI!

Levanto os olhos sobre o livro que estou lendo. Sob a árvore, uma sombra refrescante paira sobre mim, uma trégua bem-vinda ao calor escaldante.

Estamos de férias. Pela primeira vez depois de três anos, resolvemos voltar a onde tudo começou. Não exatamente ao mesmo lugar. Estamos na cidade vizinha, já que é difícil encontrar um hotel decente naquela cidade minúscula. De qualquer forma, é bom estar aqui, poder olhar para tudo o que mudou a minha vida.

Nunca pensei que me sentiria agradecida por ter vivido aqui, por ter conhecido aquelas pessoas e por ter passado por tantas dificuldades. Mas agradeço todos os dias.

"Deus escreve certo por linhas tortas", os mais velhos costumam dizer. Não sou religiosa, mas acredito piamente nisso. Essa poderia ser a frase da minha vida, de tanto que faz sentido. Minha estrada não foi fácil, e com certeza tive vontade de desistir mais vezes do que posso admitir. Os buracos e desvios me derrubaram tantas vezes que achei que não conseguiria me levantar e seguir em frente. Levaram-me a lugares que não queria ter conhecido e me machucaram de uma forma da qual pensei ser impossível me recuperar.

Mas essas mesmas estradas me mostraram o amor, a redenção, o perdão e a felicidade pura e verdadeira. A estrada que me quebrou também me trouxe, quando eu menos esperava e no momento que eu mais precisava, a pessoa que haveria de me curar.

Tive de me curar sozinha em vários momentos. Algumas coisas não podem ser feitas por outras pessoas, senão nós mesmos. Mas o amor, a compreensão e o carinho de quem está à nossa volta podem ser um remédio muito poderoso.

Faz-nos querer levantar, sair correndo e explorar o mundo. Faz-nos querer enterrar bem fundo as coisas ruins e o passado, para sobrar mais espaço para aproveitar o presente. Aquilo que menos esperamos pode ser do que mais necessitamos.

Fico surpresa quando minha filha pula em cima de mim, seus gritinhos de alegria despertando tudo o que possuo de melhor. Um segundo depois, Davi se ajoelha à minha frente, envolvendo nós duas em um abraço apertado. Savanah continua gritando de alegria, adorando a atenção do pai.

Aqui, agora, não consigo imaginar o que faria se as curvas da minha estrada não tivessem desviado para o exato lugar em que Davi me esperava. Tenho certeza de que tudo estava perfeitamente traçado para o nosso encontro. Eu achava que estava incompleta para sempre, mas percebo que estive errada o tempo todo.

Eu estava apenas esperando por ele. Esperando que seu amor completasse a outra parte de mim.

Agradecimentos

Talvez os agradecimentos sejam a parte mais difícil de uma história.

Primeiro, quero agradecer aos meus pais, Anderson e Claudia, por transformarem um sonho em realidade. O mérito de escrever foi meu, mas o mérito de publicar foi totalmente deles. Eu não acreditava ser possível até ouvir deles a frase: "Nós acreditamos em você; vai ser um sucesso".

À minha irmã, Caroline, e ao meu namorado, Kaique, que, apesar de não lerem, me apoiaram com todas as forças.

À minha primeira leitora e grande amiga, Renata, que a cada capítulo escrito lia a história de Davi e Live, compartilhando comigo os erros e acertos e me ajudando a melhorar.

A todas as pessoas que leram o e-book e amaram, surtaram e ficaram ansiosos pelo lançamento.

À Editora Coerência, pelo apoio, pelo profissionalismo e pela competência, bem como pela oportunidade de fazer parte dessa família.

Por fim, agradeço a todos os leitores futuros, que darão uma chance para *A outra parte de mim*. Desejo que vocês amem esta história assim como eu.

Para saber mais sobre os títulos e autores do GRUPO EDITORIAL COERÊNCIA, visite o site **WWW.EDITORACOERENCIA.COM.BR** e curta as nossas redes sociais.

Além de informações sobre os próximos lançamentos, você terá acesso a conteúdos exclusivos e poderá participar de sorteios, promoções e eventos.

@GRUPOEDITORIALCOERENCIA

FB.COM/GRUPOEDITORIALCOERENCIA/

AV. PAULISTA, 326, CJ 84
BELA VISTA - SÃO PAULO - SP - 01.310-902

LILIAN@EDITORACOERENCIA.COM.BR

(11) 3287-1614

NÃO PERCA A OPORTUNIDADE DE REALIZAR O SONHO DE SE TORNAR UM ESCRITOR.
ENVIE SEU ORIGINAL PARA O NOSSO E-MAIL E

PUBLIQUE CONOSCO.

Grupo Editorial
coerência

Esta obra foi composta na fonte ITC Legacy Serif,
tamanho 11,5 pt, e impresso em papel pólen bold 80g/m².
São Paulo, julho de 2020